Les mariés de Vérone

LOUISE FULLER

Les mariés de Vérone

Traduction française de
BARNABÉ D'ALBES

AZUR

HARLEQUIN

Collection : Azur

Titre original :
ITALIAN'S SCANDALOUS MARRIAGE PLAN

HARPERCOLLINS FRANCE
83-85, boulevard Vincent-Auriol, 75646 PARIS CEDEX 13
Service Lectrices — Tél. : 01 45 82 47 47 - www.harlequin.fr
ISBN 978-2-2804-6632-5 — ISSN 0993-4448

Composé et édité par HarperCollins France.
Imprimé en janvier 2022 par CPI Black Print (Barcelone)
en utilisant 100% d'électricité renouvelable.
Dépôt légal : février 2022.

FSC
www.fsc.org
MIXTE
Papier issu de sources responsables
FSC® C159065

Pour limiter l'empreinte environnementale de ses livres, HarperCollins France s'engage à n'utiliser que du papier fabriqué à partir de bois provenant de forêts gérées durablement et de manière responsable.

1.

Hissée sur la pointe des pieds, Juliet tentait de caler sa valise dans le logement à bagages situé au-dessus des sièges : une mission acrobatique, avec la foule de voyageurs qui se pressait dans la travée de l'avion jusqu'à y former une masse compacte. Rencontrant une résistance au fond du coffre, elle fronça les sourcils, poussa de plus belle, serra les dents, mais…

— Attendez. Vous permettez ?

Un fort accent italien veloutait cette voix masculine – et même *très* masculine. Tandis qu'une paire de mains puissantes créait, comme par magie, un espace pour sa valise, elle sentit son cœur s'emballer au rythme d'une panique hélas familière.

— Voilà, conclut le voyageur en se tournant vers elle.

Ses yeux lui souriaient, aussi noirs et chauds qu'un nectar d'arabica servi au soleil de Vérone.

Juliet déglutit avec difficulté.

— Merci, dit-elle sobrement.

L'homme inclina la tête d'un geste galant.

— Mais je vous en prie. Faites bon voyage, et rappelez-moi de descendre votre bagage à l'arrivée. Je suis assis juste là-bas.

Il désigna un fauteuil, à deux rangées derrière le sien.

— C'est très aimable à vous, conclut-elle avec hâte, avant de se recroqueviller dans son siège.

Oh bon sang, elle avait encore la chair de poule… Quelle idiote ! Oui, la reine des imbéciles, voilà ce qu'elle était, à croire que tout individu de sexe masculin et de nationalité italienne risquait d'être Ralph. Pire que cela : un Ralph idéalisé, un Ralph gentleman jusqu'au bout des ongles, un Ralph de conte de fées.

Laisser ses vieux rêves romantiques l'emporter sur la réalité ? Pas question, songea-t-elle. D'ailleurs, l'adultère se révélait un moyen très efficace de retomber sur terre après une brève ascension dans les nuages.

Son mari l'avait trompée : bientôt, leur union ne serait plus qu'un dossier classé dans les registres de divorce de l'administration. Contrairement à ce qui était arrivé à son célèbre homonyme et au Roméo imaginé par Shakespeare, leur histoire n'avait pas été broyée par le conflit ancestral de leurs familles respectives. Non. Ils avaient réussi à se saborder seuls, sans l'aide de personne – probablement parce que, pour commencer, ils n'auraient jamais dû se mettre ensemble.

En s'apercevant que ses mains tremblaient, elle tâcha de se concentrer sur la brochure d'instructions glissée sous sa tablette. Son regard s'arrêta sur le dessin représentant une jeune femme qui se jetait avec enthousiasme sur le toboggan de secours… Parfaite métaphore de sa propre erreur : aveuglée par un espoir fou, ignorant les leçons du passé, elle s'était lancée dans le vide – et la chute avait été douloureuse.

Cette fois, pourtant, la promesse qu'elle s'était faite serait tenue.

Elle sentit ses joues s'embraser au souvenir de ses six mois de mariage avec Ralph Castellucci.

Ils s'étaient rencontrés à Rome, la ville la plus romantique au monde, alors qu'elle n'était pas du tout venue y chercher l'amour. En l'occurrence, ce soir-là, elle cherchait un chat.

L'un des journaux pour lesquels elle écrivait, en free-lance, des chroniques gastronomiques lui avait commandé un petit reportage sur la nouvelle bistronomie romaine... Elle disposait ainsi de plusieurs heures par jour pour visiter les splendeurs de la capitale italienne.

Comme elle allait quitter les ruines du Colisée, elle avait entendu miauler. Vainement, elle s'efforçait de repérer l'animal quand l'averse l'avait surprise. Une de ces averses de janvier, particulièrement pernicieuses et intenses... En quelques secondes, elle s'était retrouvée trempée jusqu'aux os. Autour d'elle, les touristes avaient couru en tous sens en quête d'un abri. Tous, sauf Ralph.

Lui était venu lui prêter main-forte. Pour toute récompense, il s'était fait griffer. Ils avaient ri en regardant le chat bondir sur un toit, fier et élégant, puis disparaître. Le temps de partir ensemble en quête d'une pharmacie, elle apprenait que sa mère, récemment disparue, était anglaise et son père véronais. Et même s'il n'y avait pas d'orage, la foudre l'avait frappée d'un coup fatal. Tout de suite, oui, instantanément, elle était tombée *innamorata cotta* et, tandis qu'ils poursuivaient tous deux leur exquise déambulation dans les rues de Rome, elle éprouvait une irrésistible ivresse. Déjà, elle se consumait de désir.

En quelques heures, Ralph était devenu son univers. Son cœur, son âme, sa drogue. Elle ne pouvait plus se passer de lui, de son parfum, de son rire, de ses caresses.

Cela paraissait réciproque car, au cours des trois semaines suivantes, ils n'avaient pu se détacher l'un de l'autre. Puis Ralph lui avait fait sa demande.

C'était à la pharmacie qu'elle avait remarqué, pour la première fois, la chevalière qu'il portait au doigt, ornée d'un blason où l'initiale « C » surmontait un château. Mais elle n'en avait compris la signification que le jour où il l'avait priée de devenir sa femme.

Au préalable, il lui avait révélé qui était sa famille. Les Castellucci descendaient directement des princes de Vérone : héritier unique de l'une des plus opulentes dynasties de l'aristocratie italienne, Ralph avait grandi dans le luxe et les privilèges, suivant les meilleurs cursus européens afin de seconder son père à la tête de l'empire immobilier qu'un jour il dirigerait seul.

Sans doute avait-il pour habitude de voir tous ses désirs assouvis ; or ce qu'il désirait à ce moment-là, c'était elle. Sur ce point, elle ne pouvait entretenir le moindre doute : au début, ils avaient tous deux brûlé de la même flamme, à l'unisson. Certes… Mais comment avait-elle pu croire que, pour Ralph, le nirvana resterait claquemuré dans la chambre conjugale ? N'était-il pas coulé dans le même moule que tous les hommes puissants de cette planète, les milliardaires décidés à satisfaire le moindre de leurs caprices, à combler chacun de leurs désirs ? Oui, de tout temps, sur chaque continent, les mâles dominants avaient agi ainsi, se choisissant une épouse puis une maîtresse, et une autre, comme autant de trophées.

Il fallait vraiment qu'elle ait été bien naïve pour considérer leur passion comme un talisman infaillible, pour s'imaginer que ce qu'ils partageaient était spécial, à part – irremplaçable.

Non sans douleur, elle se rappela l'instant où elle avait vu Ralph jeter un regard inquiet autour de lui avant de s'engouffrer à l'arrière d'une berline, le bras amoureusement passé autour des épaules d'une superbe brune.

Juliet ne se pardonnait pas son aveuglement. Elle avait eu tout loisir de consulter la presse à scandale italienne, et d'admirer les innombrables portraits de « favorites » trônant aux murs du palais Castellucci.

Chez elle, en Angleterre, elle ne disposait elle-même d'aucune fortune personnelle ni d'un réseau, ni même de quelques connaissances haut placées. Elle vivait modestement du revenu de ses articles culinaires et louait un deux-pièces à Watford. Sans doute devait-elle partir du principe qu'elle avait *déjà* beaucoup de chance ? On avait *bien voulu* lui entrouvrir la porte d'une telle société… Espérait-elle y changer les règles ? De toute évidence, dans ce monde-là, l'adultère ne figurait pas sur la liste des péchés capitaux. Pas plus que la fidélité n'était conçue comme une vertu élémentaire !

Impossible de valider les règles de ce jeu. Pour elle, en tout cas. Impensable. Une nouvelle fois, elle sentit son estomac se tordre.

Si Ralph avait au moins consenti à ce qu'ils en parlent… Peut-être, oui *peut-être* qu'elle aurait pu lui accorder une seconde chance. Mais il avait refusé tout net. Il avait même eu le culot, alors qu'elle venait tout juste de lui décrire, tremblante d'effroi, la scène à laquelle elle avait assisté, de la prier de se dépêcher de se préparer pour le gala de charité auquel ils se rendaient ce soir-là !

Sous le choc, le cœur en miettes, Juliet avait naturellement refusé. Elle n'oublierait jamais l'expression glaciale de son mari. Il était parti en lui conseillant de ne pas l'attendre, car il « rentrerait très tard ».

Depuis, ils ne s'étaient pas revus. Aussi leur restait-il une brève conversation à avoir : celle des adieux. Mais au préalable, il y aurait le baptême.

Un frisson lui parcourut l'échine à la perspective de ces retrouvailles.

Son mariage avec Ralph avait été célébré selon la tradition des Castellucci, un protocole fort heureusement très sobre, car la réception en l'honneur des jeunes époux s'était déroulée dans le parc du palais, en présence d'une petite centaine d'invités. Une journée parfaite, au cours de laquelle elle s'était fait une nouvelle amie, Lucia… La femme du témoin de Ralph, Luca.

En quelques semaines, Lucia et Juliet s'étaient tant rapprochées l'une de l'autre qu'à quatre mois de grossesse la belle Italienne au regard malicieux avait supplié sa nouvelle amie d'être la marraine de son bébé. Avec joie et fierté, Juliet avait accepté.

Hélas, Ralph demeurait le meilleur ami de Luca et, à ce titre, il serait le parrain du petit Raffaelle. Ainsi devait-elle retrouver son futur ex-époux à l'église, le lendemain. Une épreuve aussi pénible qu'inévitable.

Pour ses amis, pour son filleul, elle jouerait donc encore une fois le rôle de l'épouse parfaite, le temps d'une journée. Ralph tenterait par tous les moyens de la convaincre d'assister également, la semaine suivante, au fameux Grand Bal Castellucci, point d'orgue du calendrier mondain pour la haute société de Vérone, mais à aucun prix elle ne s'y laisserait traîner : précisément parce que Ralph ne lui pardonnerait pas cette défection, elle entendait rentrer en Angleterre avec la promesse d'un divorce rapide. Elle ne demandait rien, ni pension ni quelque somme d'argent que ce soit, *rien* sinon une procédure accélérée, afin de poser le point final à ce… à ce fiasco.

Ce mot trop dur lui bloqua la gorge. Elle réprima le sanglot qui montait et prit une longue inspiration. Même si cinq semaines s'étaient écoulées depuis sa fuite de

Vérone, cinq semaines à verser des larmes apparemment inépuisables, il lui était encore difficile d'admettre que son mariage était fini, qu'elle devait dire adieu à son mari comme à son rêve d'avoir un enfant.

L'hôtesse passait pour annoncer le décollage, et elle suivit la consigne, bouclant sa ceinture.

Plus que tout, Juliet avait voulu un bébé. Ralph aussi. Elle avait prévu d'arrêter la pilule, et puis… le destin s'en était mêlé.

Quand son beau-père, Carlo, avait été conduit d'urgence à l'hôpital pour un accident cardiaque, elle avait ajourné ce projet : Ralph avait perdu sa mère dix mois auparavant, et l'état critique de son père lui rongeait les sangs. Le moment aurait été très mal choisi.

Peu à peu, Carlo s'était rétabli mais Ralph le remplaçait dans toutes ses fonctions un peu partout dans le pays. Il s'absentait tout le temps. Il rentrait au palais pour quelques heures ou une nuit… alors elle avait continué à prendre la pilule.

Et elle avait bien fait, puisqu'elle avait fini par le surprendre au bras de sa maîtresse !

Pour rien au monde elle n'aurait imité sa mère, qui avait *choisi* de tomber enceinte, comme sur un coup de poker, en se disant qu'elle verrait bien quelles conséquences aurait cette initiative unilatérale… Juliet secoua tristement la tête. Un couple malheureux ne formait jamais une paire de parents heureux. Elle le savait. La fortune la plus insolente n'y changeait rien.

L'avion se posa sur Vérone à l'heure. Il faisait un temps splendide et, en dépit de son anxiété, Juliet sentit son entrain revenir en traversant le tarmac, sous la lumière magique de l'Italie. Le baptême d'un bébé était un événement joyeux, et elle avait la ferme intention d'en savourer chaque instant. Revoir Ralph demeurait la grande difficulté à surmonter, mais le bonheur de serrer ses amis et son filleul dans ses bras lui donnerait courage.

— *Grazie*, dit-elle en souriant à l'agent qui lui rendait son passeport.

Devant un miroir de la salle des arrivées, elle remonta ses cheveux en queue-de-cheval pour enfiler une casquette de base-ball. Puis elle se cacha derrière sa grande paire de lunettes noires. Tout se passerait bien, se promit-elle. Ralph était un adulte, elle aussi. Ils se comporteraient comme des gens civilisés. Son mari avait beau être un menteur, il n'en restait pas moins un Castellucci, et sa famille redoutait les scandales par-dessus tout.

— *Scusi… Signora Castellucci* ?

Stupéfaite, elle tourna la tête vers les deux femmes en uniforme qui l'avisaient. Aucune d'elles ne souriait, et elles lui bloquaient le passage.

Le souffle court, Juliet fixa leurs badges. Elles n'étaient pas de la police. Sécurité de l'aéroport ?

— Euh… oui, c'est moi, répondit-elle à contrecœur.

— Vous voulez bien nous suivre, s'il vous plaît ?

Le ton était sec. Ferme. C'était moins une demande qu'un ordre. La gorge sèche, Juliet balbutia :

— Mais je… Il y a un problème ?

Quelle réglementation avait-elle donc enfreinte ? se demanda-t-elle avec inquiétude, passant mentalement en revue le contenu de sa valise. Elle avait emporté le strict minimum pour quelques jours. Quelques vêtements, une trousse de toilette, un roman policier…

— Vous voulez vérifier mon passeport ? Attendez, je viens de le ranger dans mon sac et…

— Inutile, *signora*. Veuillez nous suivre, s'il vous

plaît, coupa la seconde agente en la fixant d'un regard impénétrable.

Juliet hésita. Ne méritait-elle pas une explication au préalable ? Elle se résigna à emboîter le pas des deux femmes, sa maîtrise de l'italien et des lois en vigueur en pareil cas de figure ne lui permettant pas d'argumenter.

Quel contretemps ! Elle qui rêvait de s'installer dans sa chambre d'hôtel et de prendre une douche… Non sans nervosité, elle arpenta de longs couloirs administratifs en écoutant les étranges sentinelles parler à toute vitesse dans leurs talkies-walkies.

Comment diable l'avait-on reconnue ? Elle était vêtue d'un jean brut, d'un T-shirt sous un blazer en lin et de mocassins : elle n'avait rien d'une « *Signora* Castellucci » photographiée en robe du soir lors d'un grand gala ! Et si elle appelait Lucia ? Son amie n'hésiterait pas à la rejoindre pour la sortir de ce mauvais pas.

En y réfléchissant, Juliet préféra exclure cette option. Son amie devait ne plus savoir où donner de la tête, la veille du baptême de son enfant. Non. Juliet saurait se débrouiller seule.

En attendant, le dédale de couloirs semblait ne jamais finir ; elles ne croisaient que des employés qui les dévisageaient avec curiosité et, alors que la panique allait la gagner, ses gardiennes ouvrirent brutalement une porte donnant sur l'extérieur.

La lumière du jour l'aveugla. Clignant des yeux, elle regarda le petit parking aérien, désert. Seule une voiture y était garée. Installé au volant, sa portière ouverte, un homme en livrée attendait.

Un chauffeur.

Marco.

Et derrière Marco, adossé à la carrosserie, le passager

– le propriétaire du véhicule, le patron de Marco. Trente ans tout juste. Grand, la carrure athlétique, une mèche de cheveux d'un miel sombre barrant son front. Dans un costume superbe qui flattait ses épaules carrées et ses longues jambes. Il s'approcha, et elle sentit son rythme cardiaque s'emballer.

Pas lui, non. Elle n'était pas prête. Elle ne voulait pas le voir. Il ne *pouvait pas* être là. Même avec Lucia, elle s'était montrée vague au sujet de la date de son arrivée. Personne ne savait quel vol elle avait choisi. Elle n'avait communiqué le nom de son hôtel à personne, et…

Et pourtant, il était bel et bien là. Ralph. Son mari. Ou plutôt son futur ex-mari.

Levant les yeux sur son visage sculptural, elle sentit tout son corps se pétrifier.

— Votre épouse, *signor Castellucci*, déclara l'une de ses gardiennes d'un ton satisfait.

2.

À ces mots, Juliet sortit de sa brève léthargie. La colère succéda à l'ébahissement tant elle était choquée par cette phrase. Elle était *livrée* ? Comme un paquet, comme un vulgaire objet trouvé rendu à son soi-disant propriétaire ?

— *Grazie*, répondit Ralph en souriant, du même sourire gourmand qu'aurait eu un seigneur de la Renaissance pour remercier sa cuisinière de lui servir son menu favori.

Estomaquée, sans cesser de fixer Ralph, Juliet entendit les deux sentinelles s'éclipser. Il y avait cinq semaines qu'elle avait quitté son mari et qu'elle avait pu aisément lui prêter tous les visages grimaçants des psychopathes dans les films d'angoisse.

Maintenant qu'elle le retrouvait dans la réalité, la réalité la plus brutale, elle était époustouflée par sa beauté.

Ses yeux avaient la teinte profonde et changeante d'une forêt automnale se parant parfois de toutes les nuances vertes de l'été. Ses pommettes hautes et saillantes soulignaient la perfection du dessin de son visage aussi harmonieux qu'un portrait de Titien. Sa bouche, épaisse et ourlée, le rendait infiniment désirable. Mais ce n'était pas seulement la symétrie de ses traits, ni même le glamour qu'il dégageait, pas plus que la perfection de son corps de dieu romain, qui rendaient Ralph unique : quelques acteurs hollywoodiens, quelques mannequins célèbres partageaient ces qualités. Non, ce qui attirait l'œil, c'était la transparence, la perfection de sa peau. Une peau mate, bien bronzée, d'une finesse sans défaut – immaculée.

Et, sans doute, son incroyable charisme. Le rayonnement inouï d'un seul sourire de Ralph avait le pouvoir de faire fondre un glacier. Hélas, il s'agissait sans doute de l'expression de sa confiance à toute épreuve. Depuis toujours, il croyait que le monde était à lui, que rien ne pouvait lui résister. Que son nom, Castellucci, lui servirait de sésame devant n'importe quelle porte.

Elle avait changé, se dit-elle en refusant d'écouter les battements affolés de son cœur. En cinq semaines, elle avait puisé assez de forces pour s'immuniser. Il ne parviendrait pas à la remettre sous son joug, il n'arriverait pas à…

— Surprise de me voir ? s'enquit-il.

Mutique, elle le regarda esquisser un mouvement à l'adresse du chauffeur, qui alla précipitamment ouvrir la portière arrière.

Dans un état second, elle se dirigea vers Marco et s'installa sur la banquette. Ralph la rejoignit et la voiture démarra.

— Tu as fait bon voyage ?

Le ton faussement badin qu'il venait d'employer la fit frémir. Elle ne lui avait laissé qu'une note vague et équivoque, en le quittant. S'il prétendait faire comme s'il accueillait sa gentille petite épouse rentrant de sa cure de thalassothérapie… ce n'était pas bon signe. Mal à l'aise, elle se rappela ce mot :

J'ai besoin de solitude.

Bon, d'accord, c'était une litote mais, une semaine plus tôt, elle avait laissé sur son répondeur un message beaucoup plus clair – et même définitif. Elle lui annonçait sa venue pour le baptême de leur filleul en l'informant qu'elle demandait le divorce.

Elle avait tant pleuré, ce soir-là, qu'elle s'était endormie d'épuisement, pour se réveiller les yeux gonflés comme ceux d'un boxeur. Ses sanglots étaient revenus chaque nuit. Sa peur, aussi : qu'allait-il dire, qu'allait-il faire ? Si elle s'était doutée de *cette* réaction ! Elle s'était rongé les sangs pour rien, car la réponse était limpide : il ne disait rien, et il ne faisait pas grand-chose *parce qu'il ne la croyait pas.*

Sa femme exigeait le divorce ? Tempête dans un verre d'eau pour un Castellucci, qui n'aurait qu'à employer sa meilleure diplomatie pour que, abracadabra, la récalcitrante affiche le sourire épanoui de l'épouse comblée.

Une colère blanche se mit à fuser dans ses veines. Ah, c'était ainsi qu'il voulait jouer la partie ? Parfait ! Il ferait une autre tête en recevant le recommandé de son avocat.

Serrant les poings, elle parvint à contenir sa rage, à lui retourner un sourire contraint et à claironner :

— Un voyage merveilleux, oui. Merci. Et cependant, tu n'avais pas besoin de venir me chercher : je suis parfaitement capable de me débrouiller seule.

— Ce n'est pas l'impression que tu donnes, opposa-t-il de sa voix grave et troublante.

— Qu'est-ce que tu veux dire ? glapit-elle, furieuse de sentir le vétiver de son parfum chatouiller ses narines.

Et sa chaleur qui faisait naître mille frissons à la surface de sa peau… L'aura puissante de son grand corps viril, à quelques centimètres du sien, la déconcentrait.

— Je veux dire qu'en dépit de tous les risques dont tu as pleinement conscience, *bella*, tu n'as pas suivi les règles. Si je n'étais pas intervenu, tu serais sortie de l'aéroport sans protection…

— Pour prendre un taxi, l'interrompit-elle. Comme n'importe quelle voyageuse.

— Tu n'es *pas* n'importe quelle voyageuse, contra-t-il aussitôt. Tu es une Castellucci. Ce qui fait de toi une cible. Par conséquent, tu bénéficies d'une protection non par luxe mais par nécessité.

Juliet se mordit la lèvre et ferma un instant les yeux pour s'efforcer de recouvrer son calme. Ah oui, incontestablement, elle avait besoin de protection. *Contre lui.* Le danger, c'était lui, et non un quidam dans les rues de Vérone.

Malgré la forte tentation de lui cracher cette vérité au visage, elle fit l'effort de s'abstenir et de tourner sept fois sa langue dans sa bouche avant de reprendre :

— Bien. Si tu as terminé ton sermon, je…

— Non, coupa-t-il d'un ton sévère. Je n'ai pas terminé. En refusant de suivre les règles, tu te montres doublement irresponsable, car tu mets en difficulté ceux qui ont pour mission de te protéger. Ceux qui veulent juste faire leur travail en te sacrifiant leur propre sécurité.

Cette fois, Juliet sentit ses joues s'enflammer. C'était la toute première conversation qu'ils avaient échangée lorsque Ralph l'avait demandée en mariage et qu'il lui avait exposé les conditions particulières du quotidien des Castellucci. Soulignant tous les avantages, les privilèges d'une existence dans l'aristocratie, et les sacrifices qu'elle supposait. Concernant la sécurité, elle l'entendait encore énumérer les risques : vol à l'arraché, cambriolage, kidnapping, assassinat…

Ralph était également très fier de la tradition de respect infaillible et réciproque entre le personnel et sa famille. Ainsi, Juliet avait tout de suite senti, au *palazzo*, le climat de confiance et de gratitude à double sens qui régnait.

Luca, le meilleur ami de Ralph, était le fils d'un ancien chauffeur de son père qui, lui-même, ne se séparait jamais de son secrétaire particulier, et il l'appelait son frère.

Elle savait combien il était difficile d'assurer la protection de quelqu'un, et elle tenait en haute estime les membres du service de sécurité attachés aux Castellucci. Ralph n'avait pas le droit de la culpabiliser sur ce thème !

Aussi, l'embarras qu'il tenait visiblement à lui faire éprouver fut de courte durée. Car elle comprit en même temps qu'il l'avait fait suivre en permanence dès son retour en Angleterre – ce qui expliquait comment il avait su qu'elle arrivait à Vérone par ce vol.

En outre, puisqu'il ouvrait le dossier des règles non respectées, elle avait un petit rappel à lui proposer, elle aussi : par exemple, l'engagement qu'il avait scellé le jour de leur mariage !

— Tu ne trouves pas que c'est l'hôpital qui se moque de la charité ? répliqua-t-elle, cinglante.

Il soutint son regard courroucé.

— Je n'en sais rien car je ne vis pas dans un hôpital, *bella*, mais dans un palais. *Et toi aussi.*

Durant une fraction de seconde, elle revit la fabuleuse propriété où ils avaient vécu leurs six premiers mois de mariage. L'élégance sans âge des vastes pièces, l'atmosphère de paix et de grâce dans les salons donnant sur le parc.

Mais elle effaça très vite ces images de son esprit. Pensait-il sincèrement qu'ils allaient reprendre leur vie conjugale ? Comme si de rien n'était ? Ne comprenait-il pas qu'elle avait perdu pour toujours la seule chose qui lui importait : la sincérité de son amour ?

Chassant la vague de désespoir qui montait en elle, elle ôta sa casquette et refit sa queue-de-cheval.

— Pourquoi es-tu venu me chercher, Ralph ? demanda-t-elle d'un ton direct.

— Parce que j'aime prendre soin de ce qui est à moi, Giulietta.

Tandis qu'un frisson la parcourait, elle le dévisagea longuement. Personne d'autre que lui ne l'appelait « Giulietta ». L'emploi de son prénom en italien appartenait à leur intimité, à leur histoire d'amour. Une histoire à laquelle il avait lui-même posé le point final par une trahison à la fois banale et incompréhensible.

Les cinq dernières semaines n'avaient-elles donc pas eu lieu dans sa vie à lui ? Comment pouvait-il croire qu'ils étaient encore l'un à l'autre, après ce qu'il avait fait ? S'imaginait-il que son rang aristocratique, sa fortune, son entregent sauraient la convaincre de rester ? Qu'il ne lui avait pas littéralement brisé le cœur, qu'elle devait juste se remettre d'une petite blessure d'orgueil ?

Il aimait prendre le contrôle, l'avoir et ne pas le lâcher, et pourtant, quand ils étaient ensemble, il lui était arrivé d'oublier ce besoin. Dans leurs étreintes. Dans leur complicité. Malgré elle, des images lui revinrent de leurs réveils dans les bras l'un de l'autre, de leurs nuits blanches, de leurs éclats de rire…

Il avait été facile, depuis l'Angleterre, de se convaincre qu'elle avait tourné la page. Face à lui, ici, dans l'habitacle intime de la berline, c'était une autre histoire. Seulement, elle n'oubliait pas non plus ce qui s'était passé. La scène qu'elle avait vue de ses propres yeux. Une scène si cruelle, si effroyable qu'elle s'était gravée au ralenti dans sa mémoire. Chaque fois qu'elle y repensait, une lame la transperçait, encore et encore, et la douleur était à peine supportable.

Il l'avait trompée. Ils le savaient tous les deux. Non

seulement il ne s'était guère étonné qu'elle le quitte après la découverte de son infidélité, mais il n'avait jamais cherché à reprendre contact avec elle au cours des cinq dernières semaines – depuis qu'elle était partie. Sa superbe brune devait l'accaparer jour et nuit. Cette pensée la mettait à la torture, mais… l'évidence la frappait. Juliet avait même fini par croire que son absence convenait très bien à Ralph.

Pourquoi repousser l'inévitable ? Il fallait en finir avec cette mascarade. Leur mariage n'était plus qu'une union de papier.

— Plus pour longtemps, répondit-elle tristement.

Un long silence tomba entre eux.

Enfin, il haussa les sourcils et chercha son regard.

— Tu le penses vraiment ?

Une part d'elle-même aurait voulu avoir déjà reçu la demande de divorce en bonne et due forme, pour la lui lancer au visage. En gifler son arrogant, son insolent visage. Quant au reste de sa personne, il s'armait pour ne pas céder à un tsunami d'émotions.

— Tu n'as pas eu mon message ? s'enquit-elle d'un ton agacé.

— Ah, oui, ton message.

Il hocha la tête d'un air las, tel un producteur de cinéma ayant reçu un scénario peu enthousiasmant.

— C'était tellement soudain, ajouta-t-il. J'en ai conclu que tu te montrais un peu trop… Quel est le mot ? Ah oui. *Mélodramatique.* Je sais bien que c'est la grande saison du théâtre, en ce moment, à Londres, et tu as dû un peu trop…

— Je *veux* divorcer, coupa-t-elle sèchement.

Imperturbable, il haussa les épaules.

— Désolé. Sache que ça n'arrivera pas, *bella.*

— Ah non ? Sache qu'il ne te revient pas d'en décider, Ralph ! riposta-t-elle en luttant contre sa colère.

— Tu vois bien, insista-t-il en souriant. Tu te montres très mélodramatique !

— Je veux le divorce, Ralph, s'écria-t-elle, hors d'elle. Et je ne changerai pas d'avis !

Il lui était déjà bien assez difficile de se remettre de l'échec de leur couple, de leur mariage. Elle tenait à ce qu'il accepte la situation le plus tôt possible.

— Non, je ne fais pas de mélodrame, reprit-elle plus calmement. Et je ne veux rien. Pas d'argent, rien. Juste le divorce.

Cette fois, l'expression de Ralph se durcit.

— Qu'est-ce que tu espères que je répondrai à ça, Giulietta ? lança-t-il, une lueur intense dans les yeux.

— J'espère que tu vas répondre oui. Enfin, écoute : l'un comme l'autre, nous savons que ça ne fonctionne pas.

— Et c'est ta méthode ? lança-t-il avec dédain. Quand quelque chose ne fonctionne pas, tu le jettes, tu baisses les bras ?

Décidément, elle n'en croyait pas ses oreilles. De quel droit lui tenait-il ce genre de discours, lui qui avait de lui-même brisé leur mariage ? C'était *lui* qui avait tout gâché ! Qui l'avait jetée, pour s'offrir un nouveau modèle !

— Il y a des semaines et des semaines que notre mariage a perdu toute valeur à tes yeux, accusa-t-elle.

— Et pourtant c'est *toi* qui es partie, rappela-t-il.

Scandalisée par ce renversement de responsabilité, elle pointa sur lui un index furieux.

— Parce que *tu me trompes* ! Parce que *tu* as entamé une liaison !

— C'est ce que *tu* prétends. Je t'ai dit que c'était faux.

Juliet prit une longue inspiration et leva les yeux au ciel avant de répondre :

— Bon, ce qui est fait est fait. Ma décision est prise. Alors tu peux arrêter de me mentir, maintenant.

Elle chercha son regard et, à sa surprise, il soutint le sien. Son visage n'exprimait que son flegme aristocratique – une décontraction absolue.

— Mais je ne mens pas, fit-il. Je ne t'ai pas menti. Je t'ai dit que non, je n'ai aucune liaison : c'était vrai sur le moment, c'est encore vrai aujourd'hui. C'est toi qui choisis de refuser de me croire.

Juliet le fixa avec attention tandis que le souvenir de cette affreuse conversation l'assaillait. Bon, peut-être pas une conversation… un monologue, elle voulait bien l'admettre. Ivre de douleur et de ressentiment, elle avait pleuré en lui lançant des accusations auxquelles il avait à peine répondu. C'était là tout le problème. Un « non, je n'ai pas de liaison » prononcé sur le même ton qu'un « non, je ne veux pas de fromage ce soir » : c'était tout ce que son mari avait eu à lui opposer. Lui qui la connaissait assez pour voir la profondeur de son chagrin, de sa douleur, de sa peur…

— Tu ne m'as guère laissé le choix, Ralph, répondit-elle. Je crois ce que j'ai vu. Ce qui s'est produit sous mes propres yeux. Et maintenant… restons-en là.

— Pas question. Surtout que tu n'as *pas* vu ce que tu prétends avoir vu !

— Ah, railla-t-elle. Non, probablement pas. Je suis si sotte. Heureusement que tu es là. Explique-moi ce que j'ai vu, dans ce cas.

Un voile tomba sur le regard de Ralph. Il garda longtemps le silence avant d'articuler très bas :

— Elle ne nous menace en rien.

Dans une colère blanche, elle s'efforça de se maîtriser.

— Ah, tu me rassures. Formidable. Parce que c'est « seulement sexuel », je suppose ? Ou bien tu préfères dire que ce n'est « pas sérieux » ? Et je devrais me contenter de cette conclusion et passer à autre chose avec grâce, c'est bien ça ? *Basta cosi ?*

— Tu déformes tout ce que je dis, maugréa-t-il, détournant les yeux.

Juliet avait mal à la tête. La scène la plus pénible de sa vie était en train de se reproduire, quasiment à l'identique, et elle n'avait pas besoin de la prolonger.

— Tu sais quoi, Ralph ? Cette discussion est terminée. Je ne joue plus.

Elle s'avança sur la banquette pour frapper contre la vitre de séparation, l'ouvrir et lancer à Marco :

— Vous pouvez me conduire à cette adresse, s'il vous plaît ?

Elle brandit son téléphone mobile, lut à haute voix les coordonnées de l'hôtel et ajouta :

— C'est du côté de l'hôpital.

— Qu'est-ce que tu crois faire, au juste ? demanda Ralph d'une voix dangereusement doucereuse.

— Je vais à mon hôtel.

— Un hôtel ? répéta-t-il en haussant les sourcils.

— Oui, Ralph. *Un hôtel.* Là où les voyageurs séjournent de façon provisoire.

— Tu avais tellement peur de ne pas savoir me résister que tu as cru bon de descendre dans un hôtel ? insista-t-il d'un ton goguenard.

Elle lui renvoya son persiflage en ripostant :

— Non, c'était pour t'éviter de paraître au baptême avec un œil au beurre noir. Mais ne t'inquiète pas : je tiendrai mon rôle de *Signora Castellucci* à la cérémonie ainsi qu'à la réception, et j'ai veillé à réserver la chambre sous mon nom de jeune fille.

Il la dévisageait d'un air indéchiffrable.

— Fais-moi voir ça ? pria-t-il.

Elle lui tendit son smartphone.

— Je ne connais pas cet établissement.

Bien sûr que non. Pour lui, pour sa famille, il n'existait qu'un seul hôtel à Vérone : le palace Due Torri et ses cinq étoiles.

— C'est pour deux nuits, expliqua-t-elle. Je veux juste une chambre propre et calme. Cela me conviendra très bien.

— J'en doute… Mais cette question n'a plus d'importance car tu ne le sauras jamais.

— Pardon ?

— Tu n'iras pas dans cet hôtel.

— Mais si ! tempêta-t-elle. Tu ne m'empêcheras pas de…

— C'est pourtant fait. J'ai annulé ta réservation. Il est temps de rentrer à la maison, *bella*.

3.

En voyant danser une flamme dans le regard brun de son épouse, Ralph ressentit une intense satisfaction. Parfait. Elle allait commencer à comprendre *ce que ça faisait*, même s'il n'y avait aucune comparaison possible entre cette innocente intervention dans ses projets et ce qu'elle lui avait fait, elle…

Un frémissement rétrospectif le parcourut. Sa mâchoire se crispait toujours au souvenir de l'enveloppe posée sur sa table de chevet, au lendemain de son départ. Même en cet instant, il se rappelait la collusion en lui de la colère, de l'incrédulité et de la douleur lorsqu'il était rentré chez lui pour trouver son lit vide et sa femme partie.

Et ce n'était que le début : il avait découvert son crime le plus odieux plus tard.

Il reporta son attention sur la damnée traîtresse. Une bombe de vingt-cinq ans, à la chevelure d'un blond cendré, au regard électrique. Même dans un jean et un T-shirt, elle était d'une beauté à tomber. Son œil discernait sans mal les courbes avantageuses de son corps de liane, souple et svelte. Elle ne portait aucun maquillage, sauf le rouge à lèvres légèrement teinté qu'elle aimait tant.

En fait, elle ressemblait davantage à une étudiante qu'à l'épouse d'un milliardaire et pourtant, en dépit de toutes ses rebuffades et de ses menaces, elle était sa femme. Et ce n'était pas près de changer. Il allait le lui faire comprendre.

Il y avait maintenant plus de cinq semaines qu'elle s'était enfuie comme une voleuse, du jour au lendemain, sans préavis, *sans motif valable*, ne lui laissant qu'une phrase creuse pour tout alibi. Oh ! naturellement, il n'ignorait pas la « raison officielle » de sa fuite, qu'elle venait de lui relancer en pleine face.

Il s'était longtemps demandé si elle croyait à cette fable. Pourtant, il avait été clair. Il lui avait dit la vérité : que Vittoria n'était pas sa maîtresse. Rien à faire, Giulietta refusait de le croire… Pire encore, elle le bombardait de questions. Or, de cette relation, il ne pouvait rien dire de plus.

La plupart des femmes auraient accepté la réponse de leur mari. Ralph était certain que les épouses de ses cousins, ou ses tantes, auraient tourné la page sans faire d'histoires.

Pas elle.

Il tourna discrètement la tête vers la jeune femme. Ses pommettes haut placées. Son nez droit et fin. Ses délicates arcades sourcilières, sa bouche pulpeuse, son petit menton marqué. Son cou et sa nuque graciles. Ses expressions exprimaient le sérieux et le tempérament, ses traits une beauté éternelle.

Ce n'était pourtant pas ce qui l'avait attiré la première fois qu'il avait rencontré Juliet Jones, en ce froid après-midi romain, dans les ruines. Ni son regard à la fois mystérieux et espiègle, ni sa silhouette d'héroïne hitchcockienne. Non. C'était son inquiétude sincère pour un chat, qui l'avait poussée à rester sous une pluie battante alors que tous les visiteurs du Colisée fuyaient vers les abris. Dans un dévouement absolu, elle restait sous ce déluge et appelait l'animal : « Minou, pssit, pssit, minou… »

Giulietta ne ressemblait à personne. À aucune autre femme. Ce jour-là, elle avait l'air aussi misérable que le pauvre chat à demi noyé.

Ils l'avaient libéré, ce petit félin, non sans mal, et puis… il était tombé fou amoureux de l'esprit de la jeune femme, de son sourire, de ses immenses yeux d'ébène. Pour la première fois depuis la mort de sa mère, quelqu'un réussissait à le faire rire ! Sans s'en rendre compte, ils avaient entamé une conversation qui aurait pu – qui devait – durer leur vie entière. Ralph avait su, tout de suite, qu'elle était son âme sœur. Il devinait ce qu'elle ressentait, ce qu'elle désirait… Ou du moins l'avait-il cru. Jusqu'au jour où il avait trouvé les plaquettes vides dans la poubelle. Toutes ces pilules contraceptives qu'elle avait sciemment avalées, chaque soir, alors qu'ils tentaient d'avoir un bébé.

Alors qu'ils avaient pris cette décision ensemble ! Et elle lui avait menti. Il ne comprenait toujours pas. Si elle n'en voulait pas, si elle ne se sentait pas prête… pourquoi une telle trahison ? Pourquoi affirmer qu'elle désirait fonder une famille avec lui ? Elle savait combien il rêvait de tenir dans ses bras leur petit garçon ou leur petite fille. La perspective d'un bébé le comblait de bonheur, et le pire était sans doute d'avoir été certain qu'elle partageait le même projet. De s'apercevoir que tout ce temps-là… il était seul. Lui qui aurait juré qu'ils étaient à la poursuite du même avenir, du même bonheur. Il avait eu tout faux.

— Tu n'avais pas le droit de faire ça ! s'écria-t-elle. Comment as-tu osé ?

S'extirpant de ses pensées, Ralph réalisa que sa compagne répétait cette question pour la troisième fois. Ses yeux lançaient des éclairs assassins.

— Comment j'ai osé protéger ma femme ? s'enquit-il en haussant négligemment les épaules. C'est ce que font tous les maris responsables, à ma connaissance.

Scandalisée, elle le dévisagea férocement durant une longue seconde avant de maugréer :

— Oh ! et puis je m'en fiche. Je réitère la réservation immédiatement.

Elle pianotait sur son smartphone, et il ne put réprimer un sourire.

— Bon courage, susurra-t-il. Il n'y a pas une chambre libre dans toute la ville. Ni une suite présidentielle, ni un lit superposé avec lavabos en commun, ni une place de camping. Rien de rien.

Éberluée, elle releva vers lui un regard perdu.

— Mais…

— Figure-toi que Vérone accueille un symposium de sciences moléculaires qui attire tous les spécialistes d'Europe, voire de la planète. Et dès que j'ai su à quelle date tu viendrais, j'ai réservé toutes les chambres encore vacantes. Tu ne peux pas m'en vouloir : il est bien normal que je les mette à la disposition des chercheurs qui ne se sont pas souciés à temps de leur hébergement. D'ailleurs, tu contribues malgré toi à la bonne cause, et tu mérites tous les éloges pour ton généreux sacrifice, conclut-il fièrement.

Il y avait quelque chose de touchant dans sa mine défaite, songea-t-il. Il regardait défiler les émotions sur son visage si expressif : consternation, révolte, abattement, réflexion… Elle lui avait tant manqué ! Il était indispensable qu'ils prennent le temps de discuter. En tout cas, il ne lui permettrait pas de s'envoler une seconde fois sans crier gare, encore moins dans son dos.

— Tu penses à aller passer la nuit chez Lucia ? reprit-il d'un ton faussement naïf. C'est une bonne idée.

Comme Juliet lui retournait un coup d'œil suspicieux, il renchérit :

— Mais oui ! C'est le moment idéal. Ses parents et ceux de Luca sont arrivés chez elle pour assister au baptême du bébé. Luca va être accaparé par sa jeune sœur, et ton amie va fermement s'ennuyer, ce soir, à la veille du grand jour ! Je me représente sa joie quand tu lui demanderas de venir te chercher et de…

— Ça va, ça va !

Visiblement résignée, elle lui décocha encore un regard noir avant de souffler :

— Entendu.

La voir enrager ainsi était un pur plaisir. Il ne put résister à l'envie de le prolonger.

— Oh ! Est-ce que cela signifie que tu as décidé de rentrer à la maison avec moi, finalement ? demanda-t-il.

— Je te déteste !

— Je traduis ça par « oui ».

Poussant un soupir de contentement, il s'enfonça dans la banquette de cuir et contempla le profil de son épouse.

Elle n'exagérait pas. Elle le détestait. Et peut-être que s'ils s'étaient trouvés n'importe où ailleurs dans le monde, il s'en serait inquiété. Mais ils étaient à Vérone : la cité où amour et haine se mêlaient inextricablement. La seule chose dont il avait besoin, c'était de le rappeler à sa Juliet.

— Bonjour, *signor Castellucci*. Bon retour et bienvenue à la maison, *signora Castellucci*.

Ils étaient arrivés au *palazzo* Gioacchino. Traversant d'un pas alerte le grand hall au sol de marbre, Ralph s'inclina devant le vieil homme chauve qui les attendait : Roberto, le majordome de son père depuis plusieurs décennies.

— Bonjour, Roberto, répondit-il. Madame et moi prendrons le café sur la terrasse.

L'intéressée le suivait, mais il la sentait de plus en plus hésitante, de plus en plus empruntée, et l'irritation le gagna. Elle n'avait aucune idée de l'enfer qu'elle lui avait infligé, ces dernières semaines, ni des efforts surhumains qu'il avait déployés pour lui donner la « solitude » qu'elle réclamait.

Il avait attendu. Il s'était montré d'une patience proverbiale, rongeant son frein, alignant l'une après l'autre les nuits sans sommeil. Conscient des erreurs commises par le couple que formaient ses parents, comment aurait-il pu agir autrement ?

Mais il était certain qu'elle reviendrait. Elle reviendrait forcément. Au bout d'une semaine, elle serait là.

Une semaine avait passé. Deux. Trois. Puis quatre et enfin cinq effroyables semaines, et qu'était-il arrivé ? Il avait eu droit à cet ignoble message où elle lui demandait le divorce !

Le divorce.

Il s'était contraint à réécouter le message plusieurs fois, n'osant croire à ce mot. Ce n'était pas possible, ce n'était pas ce qu'elle désirait, *pas vraiment…* Ce qu'ils traversaient, c'était un moment difficile, rien de plus. Rien qui ne justifie un divorce !

Il brûlait de la confronter à sa trahison, à son abandon, mais il saurait attendre : avant tout, ils devaient l'un et l'autre se montrer exemplaires pour le baptême de leur filleul. Viendrait ensuite le temps d'une franche explication.

— Un problème, *bella* ? demanda-t-il.

Elle le dévisagea d'un air outré, comme s'il venait de lui pousser une seconde tête.

— Tu veux dire, en dehors du fait que tu m'obliges à rester ici contre ma volonté ? aboya-t-elle. Non, aucun !

Sa fureur l'avait amusé quand ils étaient dans la voiture, mais elle commençait à le lasser.

— C'est chez toi, *ici*, rappela-t-il en désignant d'un ample geste le somptueux hall du palais. Alors si ça ne te convient pas, je te suggère de réfléchir sérieusement à tes priorités dans la vie.

— Tu te fiches de moi ? Il doit y avoir une bonne douzaine de miroirs dans le salon vénitien : je te suggère d'en choisir un et d'aller y contempler ton reflet, parce que c'est toi qui dois sérieusement réviser tes priorités dans la vie, Ralph !

Durant un instant, il se demanda de quoi elle parlait. Puis il comprit. Encore Vittoria ! Pourquoi, bon sang, pourquoi refusait-elle de lâcher le morceau, de le croire sur parole quand il lui affirmait que celle-ci n'était pas sa maîtresse ?

— Tu te comportes comme une gosse, lâcha-t-il.

Exaspéré, il se dirigea vers la terrasse, sa femme sur les talons.

— Moi ? glapit-elle tandis qu'il ôtait sa veste pour la poser sur le dossier d'une chaise en fer forgé. Moi, je suis puérile ? Qui a réservé toutes les chambres d'hôtel de la ville pour m'empêcher d'en avoir une ? Un adulte raisonnable ?

— Oui, affirma-t-il avec aplomb en faisant quelques pas sous le soleil, incapable de savourer le parfum des immenses oliviers en pots de la terrasse. Ta réservation aurait fait courir les rumeurs les plus vulgaires dans toute la ville, et les tabloïds se seraient jetés dessus. As-tu pensé à nos amis ? À ton filleul ? Tu crois qu'ils ont envie que le baptême de leur enfant tourne au cirque à cause du parrain et de la marraine ?

Visiblement touchée par son argument, elle s'immobilisa devant un figuier dont elle caressa distraitement une feuille.

— Je… j'ai été prudente, balbutia-t-elle. Très discrète.

— Pas assez.

Il s'approcha d'elle. Même après six mois de mariage, elle ne comprenait toujours pas ce qu'impliquait la vie d'une Castellucci. Elle n'acceptait pas les devoirs, les charges liées à sa position. Et de toute évidence, comme sa mère, elle rêvait d'autre chose.

Cette pensée lui noua l'estomac.

— Le chauffeur de taxi aurait pu te reconnaître, insista-t-il. Le réceptionniste ou une femme de chambre à l'hôtel. D'autres clients, n'importe qui… Et d'après toi, quand on croise dans un hôtel bon marché une femme mariée et riche, qui vit dans un palais, on en déduit quoi ? Qu'elle est venue y chercher la solitude ? Le recueillement, peut-être ? Voyons ! C'est pain bénit pour un paparazzi ! Tu te rends compte que tu aurais pu gâcher la cérémonie ?

Elle observa un long silence.

— Il m'a semblé que ça aurait été, enfin, euh… bizarre que je vienne ici. Déplacé.

Ralph la fixa. Elle était triste. Toute trace de colère avait disparu de son expression.

Soudain, il eut envie de la prendre dans ses bras. De se noyer dans le parfum fleuri de son cou, de presser son corps contre le sien… Il la désirait si intensément qu'il en avait mal.

Approchant encore, il arrima son regard au sien, puis effleura son visage de sa main tremblante.

— Et ça ? demanda-t-il d'un ton rauque. C'est bizarre ? C'est déplacé ?

Le cœur battant à coups redoublés, Juliet sentait la température de son corps grimper dangereusement. Une boule de feu se formait dans son bas-ventre et ses seins tendaient le coton de son soutien-gorge. Alors qu'une minute auparavant… elle aurait pu l'écorcher vif, tant elle débordait de colère contre lui.

Son regard noisette, où brillaient mille éclats d'un vert d'émeraude, l'hypnotisait. Il fallait qu'elle se reprenne. Elle le savait, et elle en était incapable. Les yeux fermés, elle savoura le contact de cette peau douce et bronzée sur sa joue. La main chaude et virile de son mari. Les caresses de Ralph lui avaient tant manqué ! Un vertige délicieux s'empara d'elle tandis que ses doigts glissaient dans ses cheveux.

Depuis l'instant où elle l'avait rencontré, plus rien n'avait été *bizarre*. Jamais elle ne s'était sentie *déplacée*, au contraire : tout faisait sens, elle était soudain à sa place, dans les bras de Ralph Castellucci. La sensation de bien-être absolu avait été immédiate, et elle se rappela leurs heures magiques à Rome.

Leurs corps-à-corps enfiévrés dans la petite chambre où elle s'était sentie transportée de bonheur… Un bonheur insoupçonné.

Bien sûr, à vingt-cinq ans, elle avait connu quelques garçons mais, à la différence de ses amies de la faculté de lettres, elle se montrait très prudente. Elle n'était jamais allée jusqu'au bout parce que, justement, il y avait toujours quelque chose de *bizarre*. Parce que l'élan érotique lui semblait *déplacé*.

Avec Ralph… tout était fluide, facile, évident. Elle s'était contentée de se laisser porter par son désir. Pour la première fois de sa vie, elle avait eu faim des mains d'un homme, elle avait voulu lui prodiguer les caresses les plus audacieuses, et tous les deux, ensemble, c'était comme s'ils ne formaient qu'un.

Ralph lui avait appris l'étendue infinie des plaisirs charnels. Les étreintes brutales et rapides, langoureuses et ensorcelantes. Les orgasmes multiples. Une confiance totale en l'autre…

Un tintement la fit sursauter et, en se retournant, elle vit Roberto apporter un plateau sur la table de la terrasse.

Aussitôt, elle rompit le contact avec Ralph et mesura l'ampleur de son emprise sur elle. Un effleurement. Il avait suffi qu'il frôle sa joue pour qu'elle perde complètement la tête, qu'elle oublie tout. Décidément, le soleil italien tapait trop fort sur sa tête de linotte.

— Je vous sers le café, *signor* ? s'enquit le majordome.

— Non merci, Roberto, nous allons nous servir, dit Ralph en souriant, une note de faiblesse dans la voix.

Juliet savait quelle était cette faiblesse. Elle était victime de la même. Les jambes en coton, elle avait l'impression qu'une nuée de papillons voletait dans son ventre.

Dès que le vieil homme eut disparu et que Ralph s'attabla, l'invitant à l'imiter, elle maugréa :

— Qu'est-ce que tu fabriques ?

— Tu ne veux pas de café ? s'étonna-t-il.

— Je ne te parle pas de ça… Avant ?

Il observa un long silence avant de répondre, de sa voix veloutée :

— C'est ainsi, *bella*. Nous n'y pouvons rien. C'est plus fort que nous.

Un frisson passa dans sa nuque : il prononçait ces paroles avec fatalisme. Comme s'ils étaient sous l'effet d'un philtre ou d'un sort. Et elle n'était pas loin de le croire, elle aussi.

C'était effrayant. Car cela signifiait que dans cinq ans, dans dix ans, peut-être même beaucoup plus tard, après plusieurs décennies, elle pourrait continuer d'éprouver le désir fou qui la torturait en cet instant. Ne pas le lui avouer était une chose, mais se mentir à elle-même, se cacher la vérité, en était une autre.

Oui. Elle le voulait, elle avait envie de lui, *alors qu'il lui avait été infidèle*. Quel cauchemar ! Comme l'impuissance et le désespoir montaient en elle, elle les conjura par la colère.

— J'oubliais, lâcha-t-elle sèchement. Si tu désires quelque chose, il faut que tu l'obtiennes. Pas d'alternative. Les désirs de monsieur sont des ordres. Mais heureusement, Ralph, tout le monde ne suit pas ce principe dans la vie.

4.

Encore très secoué par la révélation de la force de son désir pour elle, Ralph ne répondit pas à la provocation de sa femme. Il se rendait compte que cinq semaines de séparation n'avaient pas moins décuplé sa colère que son besoin de la sentir près de lui. Puisqu'il lui était si difficile d'échapper à ses passions contradictoires, il s'avérait crucial de garder le cap : il avait déjà réussi à l'empêcher de séjourner dans un hôtel bon marché de la ville et à la faire venir ici. Bien. La deuxième étape de son plan serait mise en œuvre après le baptême et la réception. Ralph avait déjà averti toute son équipe de managers qu'il prenait un congé : les affaires immobilières du groupe et les mondanités locales se passeraient de lui pendant qu'il ramènerait son épouse à la raison. Giulietta et lui partiraient ensemble, passeraient quelques jours en tête à tête, puis ils rentreraient à Vérone afin de présider, conformément au protocole, le Grand Bal Castellucci.

En attendant, il saurait se montrer patient.

— Et heureusement que le reste de l'humanité n'est pas aussi corrompu, vicieux et méchant que moi, reprit-il d'un ton las. Bon, tu m'en veux et nous devons discuter. Mais peut-on mettre le processus en pause jusqu'à demain, dans l'intérêt de nos amis ? Ils baptisent leur premier enfant, notre filleul, et je suis certain que nous partageons au moins une volonté : ne pas faire déteindre nos humeurs sur ce jour si spécial pour Raffaelle.

La carte jouée était la bonne, constata-t-il, comme elle ne répondait pas. Il en profita pour redemander :

— Café ?

Elle acquiesça d'un hochement de tête et porta la tasse à ses lèvres. Comme souvent, il admira l'élégance de ses mouvements. Elle avait une grâce naturelle.

— Marché conclu, répondit-elle. Mais que ce soit bien clair : ma présence ici ne signifie nullement que j'ai l'intention de partager un lit avec toi. Je te serai reconnaissante de me faire préparer une chambre et de me garantir que j'y serai tranquille.

Résigné, Ralph contempla sa femme. La *Signora Castellucci*. Son épouse. En tant que seul héritier, il avait eu l'embarras du choix, pour sélectionner celle qui partagerait sa vie. Car si la grande famille des Castellucci, comme toutes les vieilles dynasties italiennes, avait longtemps restreint les unions de son clan au cercle aristocratique, une dizaine de générations de Castellucci avaient désormais suivi les inclinations du cœur.

Les candidates se bousculaient au portillon depuis que Ralph était entré au lycée, mais ce succès ne lui avait jamais tourné la tête. En revanche, l'ironie du sort le désolait : la seule femme au monde qui se fichait éperdument d'être la *Signora Castellucci* était la sienne.

— Cela ne devrait pas poser problème, rétorqua-t-il froidement. Cette maison doit contenir vingt-cinq chambres d'amis : il s'en trouvera bien une à la hauteur de tes attentes, j'espère.

Agacé, il n'attendit pas la réponse, se leva, planta un regard sévère dans le sien et conclut :

— D'ailleurs, je te laisse le soin de la choisir avec la

gouvernante. Et maintenant, excuse-moi, je retourne à mon bureau. Je te verrai ce soir, au dîner. Prends le temps de te rafraîchir et de te reposer.

Le crépuscule s'annonçait. Devant le miroir de la salle de bains, Juliet se préparait à descendre. Elle avait voulu faire une sieste, mais impossible de trouver le sommeil. Depuis qu'elle s'était installée dans cette petite suite donnant sur la roseraie, elle se demandait pourquoi elle n'avait pas répondu par la négative à la proposition de son mari de le rejoindre pour dîner.

Elle aurait aisément pu commander au cuisinier un plateau-repas à servir dans sa chambre. De même, à l'aéroport, elle n'aurait jamais dû suivre ces deux femmes sous prétexte qu'elles étaient en uniforme. La réponse correcte à leur requête aurait dû être un « Non ». Tout comme personne ne l'avait contrainte à monter dans la voiture. Ralph l'en avait simplement priée ; il lui suffisait, là encore, de dire « Non ».

En somme, depuis son arrivée à Vérone, elle avait oublié de se servir de sa tête. Chaque surprise, chaque événement imprévu semblait l'avoir privée de ses facultés les plus élémentaires.

Certes, elle ne s'était jamais considérée comme une rebelle, mais aucun de ses amis ne l'aurait décrite comme un modèle de docilité, n'est-ce pas ? Ne disait-on pas qu'elle avait du caractère ? C'était ce qu'appréciaient ses lecteurs, sur son blog et dans ses articles – son franc-parler.

Elle s'en voulait.

Car non seulement elle s'était comportée de façon stupide aujourd'hui, mais son idée de prendre une chambre d'hôtel était tout aussi navrante. Sur ce point, elle ne pouvait donner tort à Ralph : sa malheureuse initiative aurait facilement pu faire exploser un scandale qui aurait éclaboussé le baptême de leur filleul.

Et puis… Elle ne se pardonnait pas ses réactions physiques en présence de son mari infidèle. Tout se passait comme si elle se laissait aimanter. Comme s'ils étaient encore à Rome, aux premiers jours de leur histoire, comme si rien ne s'était passé depuis.

Maintenant, à Vérone, dans la maison qui avait été la leur, elle se sentait encore plus troublée. Oh ! comme elle avait aimé ce *palazzo* et leur vie ici, au début ! L'architecture de cette propriété était à la fois grandiose et propice à la sérénité.

Elle promena un long regard sur la jolie salle de bains, très simple, qui jouxtait sa chambre. Tous les éléments anciens étaient conservés : la baignoire en fonte, le lavabo et son robinet en col de cygne, le sol en marbre. Une peinture patinée surmontait le carrelage mural avec sobriété.

Avec les prises connectées, la literie digne d'un palace constituait le seul élément contemporain de la chambre lambrissée de chêne, meublée d'une ravissante armoire, d'un petit bureau et d'une commode. Une tapisserie fleurie égayait cette pièce lumineuse et baignée du parfum des roses, depuis que Juliet avait ouvert la fenêtre en grand.

Avant de quitter sa suite, elle vérifia encore son reflet dans la glace : au sortir du bain, elle avait enfilé une longue robe marine sans manches. La gouvernante avait pris soin de garnir son armoire d'une partie de son ancienne garde-robe, qu'elle avait laissée dans le dressing de la suite conjugale cinq semaines auparavant. Preuve qu'elle comptait revenir ? Ou qu'elle se fichait simplement de ce détail matériel ?

Elle ne put retenir un long soupir en caressant le tissu fluide de cette robe offerte par son beau-père, ainsi que toutes les autres, en cadeau de noces. Bien sûr qu'elle avait secrètement espéré sauver son mariage. Une part d'elle-même avait le plus grand mal à se résoudre à l'inévitable.

Mais, aujourd'hui, son dialogue avec Ralph ne lui avait-il pas confirmé ce qu'elle savait déjà ? Il niait mollement ce qu'elle avait vu de ses propres yeux, et exigeait qu'elle passe l'éponge. Impossible de surmonter une trahison que son mari refusait d'admettre si, de surcroît, il se dérobait aux explications. Sur le moment, cette attitude insensée lui avait fait l'effet d'un coup de poignard dans le dos suivi d'un second lancer en plein cœur… Et malgré cinq semaines d'exil et d'efforts, ses blessures ne cicatrisaient pas. Au contraire, elle souffrait davantage chaque jour.

Mieux valait s'en tenir à son projet : avoir une ultime discussion avec lui et demander le divorce.

— *Buonasera, signora Castellucci*, lança Roberto en la voyant traverser le hall. Monsieur vous attend à l'extérieur.

— *Grazie*, Roberto.

Le dîner était visiblement servi sur l'autre terrasse, celle qui prolongeait la grande salle à manger, et Juliet songea qu'il y avait bien longtemps qu'ils n'avaient pris un repas en tête à tête.

Car depuis l'hospitalisation de Carlo, Ralph avait assumé toutes les fonctions de représentation de son père en plus des siennes et de la présidence du groupe immobilier. Ils ne se retrouvaient qu'entourés d'une foule, pour un gala de charité ou une inauguration.

Malgré elle, elle eut un pincement au cœur. Quelle ironie : encore quelques semaines plus tôt, elle aurait été folle de joie d'avoir son mari rien que pour elle, à l'heure du dîner.

Et dès qu'elle l'aperçut, debout sous la lumière mordorée

du parc au crépuscule, elle se sentit fondre. Les Castellucci vivaient depuis plusieurs siècles dans un palais, mais ils avaient horreur de la flamboyance. Quand il n'était pas astreint à des tâches professionnelles, Ralph s'habillait sobrement.

À Rome, elle n'avait prêté aucune attention à ses vêtements. Elle n'avait pas remarqué qu'il portait des jeans de bonne qualité mais simples, que son trench siglé d'une grande marque britannique avait traversé plusieurs hivers et qu'il aimait porter la même paire de derbies tous les jours.

Il n'en était que plus incroyable qu'un tel charisme irradie de sa personne et, ce soir, elle le constata de nouveau : il avait abandonné son costume pour un pantalon en toile noire et un pull beige à col en V dans lesquels il paraissait plus séduisant que jamais.

— Tu es ravissante, dit-il en la regardant s'avancer vers la table.

D'un sourire gêné, elle accepta le compliment. Elle s'était promis de se montrer agréable et de remonter dans sa chambre dès que possible, au terme du repas.

— Merci.

— Un verre ? proposa-t-il.

— Non, juste de l'eau pétillante.

Éviter absolument l'apéritif, songea-t-elle, ce moment dévolu à la détente, à l'échange de regards… Surtout pas, non. Afin de souligner sa ferme intention de s'en tenir à la courtoisie guindée, elle s'installa à table, et il l'imita.

— Alors ? Comment s'est déroulé ton séjour en Angleterre ? demanda-t-il tandis qu'on leur servait le *primo piatto* : des spaghettis aux fruits de mer, l'une des spécialités de Giancarlo.

Cet ancien chef vénitien au service des Castellucci

depuis plus de trente ans était, selon elle, un véritable génie culinaire, et il savait que cette recette figurait parmi ses favorites.

Mais la nervosité l'empêchait de savourer pleinement ses pâtes, et elle évoqua rapidement ses dernières trouvailles pour ses articles avant de ne plus savoir que dire et de s'enfoncer dans un silence embarrassant.

— Détends-toi, l'engagea-t-il en la regardant promener sa fourchette sur le bord de son assiette. Tu n'es pas obligée de tout manger… Je ne dirai rien à Giancarlo et, de toute façon, tu ne peux pas faire pire que moi, le jour où je lui ai demandé de me faire une pizza hawaïenne pour mon septième anniversaire.

Malgré elle, elle se mit à rire.

— Quel affront pour un chef comme Giancarlo ! s'esclaffa-t-elle. Et alors ? Il te l'a préparée ?

— Naturellement, dit-il, une lueur espiègle dans les yeux. Mes désirs sont des ordres, n'est-ce pas ?

Elle se sentit rougir et regretta d'avoir lâché cette accusation idiote.

— Ne te cache pas, s'il te plaît, enchaîna-t-il. J'adore voir ce sourire. Il m'a manqué, et c'est ma faute. *Tout* est ma faute. Mais je peux changer et, si tu m'en donnes la chance, je te le prouverai.

Cette déclaration prononcée d'une voix si grave la prit au dépourvu et la laissa bouche bée. Une fois de plus, son cœur se mit à battre une sarabande endiablée, et elle eut toutes les peines du monde à surmonter son trouble.

— Je regrette, parvint-elle enfin à répliquer. Mais ce n'est pas ce que je souhaite, Ralph.

— Eh bien moi aussi, je regrette, mais je ne te crois pas.

Arrimant son regard au sien, il ajouta :

— Ce que nous partageons est très spécial, Giulietta.

— Partagions, corrigea-t-elle.

À supposer qu'ils l'aient réellement partagé, songea-t-elle tristement. Car peut-être n'avaient-ils été qu'un jeune couple aveuglé par la passion, rien de plus. Une nouvelle fois, elle ignora les protestations outragées de son cœur. Cet homme avait réussi à lui offrir le plus grand des bonheurs, puis à déchirer son âme. Comment lui accorder encore sa confiance, désormais ?

— Je t'en prie, Ralph, plaida-t-elle, arrête de lutter pour rien.

— Pour rien ? Au contraire, je trouve que notre mariage mérite amplement que je lutte en sa faveur. Nous avons échangé un engagement formel et sacré. Celui de rester ensemble, pour le meilleur et pour le pire. D'accord, la tempête que nous traversons est violente, mais ce n'est jamais qu'une tempête au cours du voyage : quel couple n'en connaît pas ?

Son entêtement l'écartelait. Elle en était à la fois sidérée, bouleversée et furieuse. Mais, au fond, ce refus de s'entendre dire non illustrait bien le caractère de son époux. Son orgueil démesuré le poussait à obtenir satisfaction.

Agacée, elle posa sa serviette et se leva.

— Tous les couples en connaissent, oui. Mais quand l'un des deux décide de précipiter le bateau sur le récif, il n'y a rien d'autre à faire que sauter de l'épave et nager vers la rive, répondit-elle en reprenant sa métaphore.

Contenir sa colère devenait un exercice de plus en plus difficile, et Ralph serra la mâchoire. C'était à n'y rien comprendre. Un moment plus tôt, elle souriait… Et soudain, elle se fermait comme une huître.

Encore et toujours, elle en revenait à cette histoire d'infidélité alors qu'il ne *pouvait pas* lui en dire davantage que ce qu'il avait déjà dit. Quelle tête de bois ! Et quelle impudence de sa part d'oser prétendre que c'était lui qui coulait leur barque en pleine mer, après ce qu'*elle* avait fait !

Apparemment, même quand elle mentait, même quand elle le trahissait, il était le seul à porter le chapeau : tout était sa faute. Non. Il ne pouvait pas laisser passer cela. Avant d'avoir réfléchi, il asséna :

— Je sais naviguer les yeux fermés. Je n'ai pas *soudain* viré de bord, moi.

— Ah non ?

— Bien sûr que non.

Elle fronça les sourcils.

— La messe est dite, Ralph. On peut en rester là ? Bonne nuit.

Tournant les talons, elle se dirigea vers la salle à manger, et Ralph se prit rageusement la tête dans les mains dès que sa silhouette fine et ondulante eut disparu.

Oh non, ils n'allaient pas en rester là. Pas question ! Et si elle croyait avoir posé le point final, elle allait avoir une fameuse surprise. Néanmoins, il pouvait bien lui laisser croire, le temps d'une soirée, qu'elle maîtrisait la situation.

Ensuite, il lui montrerait à quel point il prenait au sérieux le mariage et les serments qu'ils avaient prêtés.

5.

— Hé ! Les Castellucci ! Par ici !

Lançant un regard par-dessus les invités massés sur le parvis de la superbe église romane, Juliet sourit en repérant Lucia, le bébé dans les bras, et auprès d'elle, Luca qui leur adressait de grands signes.

Elle se tourna vers Ralph pour indiquer :

— Ils sont là-bas, près de l'autel, et ils...

— Je les vois, coupa-t-il.

Elle sentit tout son corps se raidir comme il prenait sa main dans la sienne mais, sans broncher, elle le laissa l'entraîner pour remonter la travée avec lui, sidérée de voir les invités s'écarter sur leur passage, à l'image d'une certaine mer dans la Bible.

Au centre de tous les regards, elle retrouva une impression familière et paradoxale, mélange de vulnérabilité et de confiance, qu'elle éprouvait lors de chaque événement public où elle donnait le bras à son époux. Parce qu'il la protégeait, qu'elle sentait ses doigts entrelacés aux siens, solides et chauds. Et parce qu'elle se sentait impitoyablement évaluée – sa coiffure, sa tenue, son poids, son aptitude à endosser le rôle de la *Signora* Castellucci.

Elle ne s'était jamais habituée à ce cirque et, après cinq semaines de bienheureux anonymat à Watford, c'était comme de se retrouver toute nue en pleine rue.

— *Amico !*

Tandis que Luca attrapait Ralph par les épaules pour le gratifier d'une accolade fraternelle, Lucia vint l'embrasser sur les deux joues.

— Letty ! Tu es splendide. J'adore cette robe… Et ces chaussures !

Juliet rit en relevant une jambe pour exhiber la hauteur déraisonnable de ses escarpins rouges. Le talon et la plate-forme lui faisaient gagner treize centimètres !

— Je les échange tout de suite contre de vieux chaussons troués ! s'exclama-t-elle en riant. C'est un miracle que j'aie pu parcourir cinquante mètres sans me casser les deux chevilles, entre le parvis et cet autel.

Lucia rit avec elle, la contempla avec tendresse et reprit :

— Quelle joie de te revoir ! Promets-moi de ne plus jamais disparaître comme la dernière fois.

Question piégée… Juliet hésita. Elle ne souhaitait ni mentir ni attrister son amie.

— Je n'ai pas disparu… Et tu m'as manqué ! Lui aussi, il m'a beaucoup manqué, ajouta-t-elle en se penchant sur le bébé pour caresser tout doucement l'une de ses adorables joues rebondies.

Quand une toute petite main s'enroula autour de son doigt, elle sentit son cœur déborder d'affection. Avec ses cheveux noirs et ses immenses yeux café, il était irrésistible.

— Te voici, mon filleul, souffla dans sa nuque la voix de Ralph, faisant naître mille frissons à la surface de sa peau.

Il y avait tellement de tendresse dans sa voix… Juliet en tremblait de toute son âme. Dans cette magnifique église, Ralph auprès d'elle, devant cet enfant et sa robe de baptême immaculée, impossible de ne pas penser à son mariage et à ce qui aurait pu arriver si…

Était-ce sa faute ? Est-ce que leur couple aurait évolué autrement si elle était tombée enceinte ? Oui. Non. Honnêtement, elle n'en savait rien.

Elle savait seulement que s'ils avaient eu un enfant, en tant qu'héritier Castellucci, il n'aurait manqué de rien. Il aurait grandi dans le confort et aurait suivi les meilleures études pour réaliser n'importe quelle ambition, n'importe quel projet d'avenir.

Cela ne suffisait pas pour rendre un être humain heureux, mais c'était tout ce dont elle avait cruellement manqué. Petite fille, elle n'avait jamais eu son mot à dire. Elle avait subi les choix de ses parents sans comprendre qu'elle en payait le prix – et quel prix.

À sa manière, Ralph se comportait comme eux en refusant d'admettre que ses actes pouvaient avoir des conséquences terribles pour elle.

Elle prit le bébé dans ses bras pour que Ralph puisse l'embrasser, et Lucia la considéra avec amusement.

— Il est lourd, tu ne trouves pas ? C'est le plus grand bébé dans mon groupe de jeunes mères, ajouta-t-elle fièrement.

— Parce qu'il tient de son père, renchérit Luca. Nous, les Bocchetti, nous collectionnons les superlatifs.

— « Le plus vantard » et « le plus coquet », c'est vrai, tu avais droit à ces compliments au collège, railla Ralph.

Lucia et Luca éclatèrent de rire, et Juliet aperçut les regards des femmes aux premiers rangs.

Des regards de convoitise, admiratifs et gourmands, se portant sur son mari. Autant d'œillades lascives qu'il ignorait en adressant au bébé un sourire… un vrai sourire.

Le genre de sourire complice et confiant qu'il réservait à Luca, son ami d'enfance.

Auprès de sa famille, son père et ses cousins, Félix et Nico, il ne se montrait jamais aussi détendu. Il restait toujours une once de formalité dans leurs rapports.

Ralph s'était-il comporté autrement vis-à-vis de sa mère ? Juliet ne le saurait jamais. Francesca Castellucci était morte un an auparavant et, s'il lui avait dit quelques mots de sa maladie, il n'avait pas évoqué sa relation avec elle.

Cela leur faisait un point commun : cette répugnance à parler de leurs mères. Mais probablement pas pour les mêmes raisons.

Pour sa part, elle préférait laisser dormir le souvenir de ses parents au fond de sa mémoire. Quels parents, d'ailleurs ? Les innombrables familles d'accueil, ou ses géniteurs, Nancy et Johnny ?

Sa mère était tombée enceinte à dix-sept ans, aussitôt après sa rencontre avec l'homme qu'elle aimait d'un amour fou. Ils s'étaient mariés, et leur vie commune se définissait comme une suite malheureuse de querelles et d'incompréhensions régulièrement refoulées par la pratique du sexe consolateur. L'arrivée d'un bébé avait creusé les failles du couple, mis en évidence les dissensions et les élans irréconciliables. Durant quelques semaines, parfois un mois, une accalmie semblait promettre une stabilité, immanquablement défaite par une nouvelle crise. Pleurs, claquements de porte, problèmes d'argent. Tendue, les sens en alerte, Juliet avait appris dès son plus jeune âge à anticiper, à discerner chaque signe avant-coureur : une brique de lait vide, une seule pièce dans le portefeuille, un coup de téléphone fantôme…

Elle déglutit lentement. Parler de son enfance à Ralph ? Pas une seconde elle ne l'avait envisagé. Il connaissait les grandes lignes, mais elle n'aurait pas pu lui décrire ce chaos, ce sentiment de panique et d'insécurité permanent.

Comment pourrait-il comprendre, lui qui avait grandi au sein d'une famille aimante et fortunée, dans un décor de rêve, sous un soleil si généreux ?

— Tu es prête ?

Surprise, elle se tourna vers lui, le dévisagea et acquiesça sans mot dire.

Aujourd'hui encore, il était d'une beauté à faire pâlir de jalousie tous les dieux romains sculptés par les génies du Quattrocento. Dans cette église, pour la cérémonie, presque tous les hommes portaient un costume. Ralph aussi. Et pourtant, il ne ressemblait à personne.

Peut-être tenait-il de sa mère ses cheveux mordorés, plus clairs que ceux des Italiens qu'elle avait croisés dans les cercles aristocratiques. Et ses yeux… En cet instant, une coulée de caramel tombait dans leur vert océan.

Mais c'était ce qu'il dégageait qui le distinguait des autres. Un calme, une confiance, une force hors du commun.

— Giulietta ? Il est temps d'y aller, insista-t-il.

— Oui, bien sûr, souffla-t-elle en rougissant.

Accompagnés des parents, le parrain et la marraine portant Raffaelle formèrent un cercle autour du font baptismal en attendant le prêtre tandis que l'orgue jouait un premier cantique.

La cérémonie fut simple et émouvante, et pas une seule fois le bébé ne pleura. Juliet portait fièrement son filleul quand il fut temps de sortir de l'église. Les invités vinrent alors féliciter les jeunes parents et admirer le petit, qui retrouva les bras de sa mère.

— Merci encore du fond du cœur, dit Luca en serrant Juliet contre lui. Merci à vous deux.

— Il a beaucoup de chance de vous avoir pour parrain et marraine, renchérit Lucia.

— C'est nous qui sommes comblés, assura Juliet. Et très fiers que vous nous ayez accordé cet honneur.

— Faites le trajet en voiture avec nous, les pria Lucia en battant des cils, ce qui la fit rire.

Son amie se pencha à son oreille et ajouta :

— J'adore ma famille, mais quelques minutes sans mes parents et mes beaux-parents me feraient du bien…

Les quatre amis s'engouffrèrent dans l'immense berline de Ralph avec Raffaelle et, une demi-heure après, Juliet découvrait le lieu de la réception.

Il s'agissait d'un ancien monastère niché en pleine campagne, récemment reconverti en restaurant gastronomique où officiait un célèbre chef étoilé, Dario Bargione. Juliet lui avait consacré une chronique deux ans auparavant, alors qu'il faisait le bonheur des palais napolitains.

Loin de l'effervescence urbaine, cette ravissante retraite, calme et bucolique, avait tout du lieu idéal pour fêter un baptême.

— C'est vraiment grâce à vous, reprit Luca d'une voix émue. Merci pour votre générosité.

Juliet ne méritait pas l'expression de cette gratitude, mais elle sourit et décocha à Ralph un regard reconnaissant.

— C'est un plaisir pour nous, déclara son mari.

Il était généreux. *Très* généreux. Et Juliet avait constaté, non sans ébahissement, que les Castellucci avaient un rapport à l'argent très différent de ce qu'elle imaginait.

Certes, ils ne risquaient pas d'en manquer. Outre le *palazzo*, Ralph possédait une villa sur la Côte d'Azur, un pied-à-terre à New York, à Londres et à Florence. Sa fortune personnelle semblait illimitée.

En même temps, seule son activité philanthropique le

passionnait. La fondation Castellucci finançait des start-up et des cycles de formation, son groupe immobilier venait de créer un programme de logements sociaux accessible et populaire.

— … que vous nous ayez choisis, Giulietta et moi, comme marraine et comme parrain. Que vous nous fassiez confiance pour élever votre premier enfant, cet adorable petit garçon. Parce que, à part l'amour, il n'y a rien de plus important que la confiance. N'est-ce pas, *bella* ?

Son cœur battait très fort. Elle n'avait pas entendu le début, mais Ralph venait de prononcer ces derniers mots avec une note de ressentiment profond, viscéral. Oui, elle en était certaine. Dans le regard de son mari luisait une flamme accusatrice. À quoi diable pensait-il ?

— Ralph a raison, assura-t-elle en s'efforçant d'ignorer sa perfidie. Merci à vous deux de la confiance que vous nous accordez.

Saisissant un verre de *prosecco* sur le plateau d'un serveur qui passait dans le jardin, Ralph scruta la foule d'un regard de loup cherchant une brebis.

Il discerna enfin une tache rouge. Ah, c'était elle.

Sa femme.

Depuis le début de la matinée, elle le fuyait. Durant toute la cérémonie, elle avait soigneusement évité son regard, fixant tour à tour le prêtre et Raffaelle. Et maintenant, elle discutait tranquillement sur l'immense terrasse avec la mère de Luca, superbe dans sa robe en soie blanche à motifs de petites cerises. Elle n'avait pas besoin de ces incroyables escarpins en cuir verni rouge pour allonger ses jambes interminables, et il admira leur galbe parfait, le hâle délicat de sa peau, les courbes parfaites de sa silhouette. Avec ses cheveux relevés en chignon sophistiqué et quelques touches de maquillage, elle captivait tous les regards – on ne voyait qu'elle. L'élégance, la joie et la beauté faites femme.

Comme à Rome, la toute première fois, il porta longuement son attention sur la finesse de son grain de peau, la transparence diaphane de son visage qui irradiait de lumière, de jeunesse.

Quel contraste avec le chagrin et la rage qu'il éprouvait. Quelle apparence trompeuse et insolente de la part d'une femme qui avait violé un engagement à ses yeux sacré : leur décision de faire un enfant.

Il avait senti sa poitrine se déchirer lors de ce baptême où elle tenait contre sa poitrine leur adorable filleul. Pourquoi avait-elle changé d'avis ?

Bientôt il le saurait, se promit-il intérieurement. D'ici environ deux heures.

Fronçant les sourcils, il s'aperçut que sa femme le fixait d'un œil courroucé. Alors qu'il se dirigeait vers elle, elle tourna les talons, abandonnant la mère de Luca, et Ralph pressa le pas pour la rejoindre.

— *Signor Castellucci* ! s'exclama une voix joyeuse derrière lui.

Il voulut l'ignorer, mais il sentit une main se poser sur son bras.

— Toutes mes félicitations pour le baptême de votre filleul !

De mauvais gré, Ralph serra la main du directeur de l'établissement, Giorgio, et afficha un sourire forcé.

— Merci, merci, mais…

— Non : merci à vous ! Nous sommes tous très honorés, mon équipe et moi-même, que vous ayez choisi la Casa Gregorio pour cette occasion si spéciale.

— Je vous en prie. Et nous espérons fêter un autre événement chez vous, dans ce lieu idyllique, dès que l'occasion se présentera. Maintenant, veuillez m'excuser mais…

Il tourna la tête de tous côtés. Juliet avait disparu.

— Vous cherchez quelque chose ? Quelqu'un ?

— Oui, mon épouse.

Un large sourire éclaira le visage de son interlocuteur.

— Ah, la *Signora Castellucci* est montée coucher le bébé dans la suite que vous avez réservée à cet effet.

— Merci.

Dès que Ralph gravit les quelques marches menant à l'étage de l'ancien couvent, il repéra ses vigiles en faction devant la porte de la suite.

Il poussa un soupir de soulagement en pénétrant dans la grande pièce aux murs de pierre. Il y régnait une fraîcheur bienvenue, en contraste avec la terrasse surchauffée par le soleil ardent.

Le salon était plongé dans le silence et, durant un instant, il pensa que Giorgio s'était trompé, qu'il n'y avait personne… Soudain, il s'immobilisa. Un filet de voix féminine chantonnait une berceuse dans la pièce attenante. Sur la pointe des pieds, il s'approcha et jeta un coup d'œil par l'entrebâillement.

Dans la chambre, Giulietta s'était installée dans un fauteuil, le bébé dans les bras. Dans cette position, sa robe découvrait ses cuisses, et ses seins remontaient, ronds et gonflés. Elle était incroyablement sexy… Mais il fut surtout saisi par son expression. Son visage était transfiguré par la tendresse. Elle chantait pour le petit, rien que pour lui, en le berçant tout doucement.

La vision le fascina tant qu'il en resta médusé, incapable

de s'en détacher. Elle paraissait parfaitement heureuse. Comblée.

Or si son filleul lui procurait une telle plénitude, comment comprendre qu'elle ait…

— Qu'est-ce que tu veux ?

Aïe. Elle venait de le repérer. La question, posée sur un ton peu amène, invitait une réponse directe.

— Luca m'a dit que je devais commencer à prendre mon rôle de parrain au sens concret du terme, dit-il. Je suis monté pour me rendre utile.

Un petit mensonge. Après tout, Luca s'était en effet moqué de lui, lui faisant observer qu'il ne saurait même pas changer une couche.

Un bref silence lui répondit, puis elle se leva lentement et désigna l'alcôve de la grande chambre d'un signe de tête. Là où étaient installés un adorable lit de bébé ancien, une table à langer et les affaires de Raffaelle.

— Bon. Eh bien tu peux le coucher, si tu veux.

— Oui, je veux bien.

Il s'approcha, prit son filleul dans ses bras et songea que, malgré le commentaire de Lucia, cet enfant ne pesait pas plus lourd qu'une plume. C'était intimidant mais, dès qu'il baissa les yeux sur le petit visage poupin du bébé, il se sentit fondre. Une sorte d'instinct primitif se réveillait en lui, lui donnant envie de protéger cet être si délicat et innocent contre le moindre coup de vent.

Lentement, il se pencha au-dessus du berceau et y déposa le petit avec une infinie douceur. Sans broncher, Raffaelle agita les pieds, puis releva ses grands yeux vers lui.

— Il est tellement parfait, murmura-t-il en s'agenouillant pour caresser les pieds du bébé.

Ses orteils microscopiques le subjuguaient. Giulietta

s'installa dans la même position que lui, de l'autre côté du petit lit, et sourit à son tour.

— Oui, il est magnifique, n'est-ce pas ? Difficile de croire qu'il sera un jour aussi grand que Luca…

Personnellement, Ralph trouvait que le bébé tenait plutôt de Lucia. Mais c'était sans doute la première fois que sa femme et lui partageaient un moment d'entente paisible, depuis son retour en Italie. Aussi préféra-t-il hocher la tête.

— Mais après tout, reprit-elle, il ne le sera peut-être pas. En grandissant, nous ne finissons pas tous par ressembler à nos parents.

Tandis qu'elle se levait pour quitter la chambre, il ne put s'empêcher de revoir le visage de sa mère, Francesca, et celui de Carlo… Un flux d'émotions dont il n'avait pas besoin l'étrangla un bref instant et, à son tour, il se leva, chassant sa culpabilité.

Puis il sortit de la chambre à pas de loup en laissant la porte entrouverte et retrouva Giulietta dans le salon attenant.

— Dans le cas de Raffaelle, observa-t-il en s'approchant d'elle, ce ne serait pas un mal, n'est-ce pas ?

Comme elle ne se donnait pas même la peine de répondre, il se vexa et enchaîna avec irritation :

— Ça y est ? Tu as enterré la hache de guerre pendant soixante secondes, et tu considères que c'était soixante secondes de trop ?

Elle lui retourna un regard noir.

— Je considère que ni les haches ni les guerres ne sont faites pour moi, asséna-t-elle. Ton choix de vocabulaire est assez inquiétant pour quelqu'un qui vient de devenir parrain ! Je me demande quel exemple Luca et Lucia espèrent que tu donneras à leur fils. En tout cas, ils n'apprécieraient sûrement pas que tu lui fasses l'apologie de l'adultère !

Ralph poussa un long soupir, ferma les yeux et lâcha très bas une bordée de jurons.

— Pour la dernière fois, articula-t-il patiemment, plongeant son regard dans celui de sa femme : Je ne t'ai jamais trompée.

— Je sais.

Il accusa le choc en roulant des yeux ébahis.

— Pardon ? Mais alors…

— Sur le moment, je n'ai pas compris, reprit-elle sèchement. Je croyais que tu me mentais. Puis j'ai cru que tu te mentais à toi-même. Mais non, même pas !

Elle croisa les bras sur sa poitrine, lui décocha un regard où brûlaient douleur, rage et détermination.

— Non, même pas… C'est encore pire. Pour toi, l'adultère est un ingrédient du mariage. Avoir une maîtresse, c'est normal, banal. Tu ne transgresses aucune règle ! Puisque c'est permis. Seulement voilà, je n'accepterai jamais cette philosophie. *Jamais.* Alors si nous pouvions enfin nous mettre d'accord pour en finir ? Maintenant ?

Ralph s'efforçait de recouvrer son calme, ce qui n'était pas une mince affaire. Il n'en pouvait plus de cette accusation et de ces sornettes. C'était sans fin. Après son infidélité imaginaire, c'était le tour de sa conception perverse et tordue du mariage ?

Impassible, il contempla sa femme et déclara :

— C'est hors de question. Ni maintenant ni jamais.

— Mais moi, je ne veux plus être ta femme ! opposa-t-elle.

— Dommage. Mais je ne suis pas le seul à avoir pris un engagement solennel.

Il avança encore d'un pas vers elle et ajouta :

— *Indivisa, etiam in morte* : la devise des Castellucci.

« Unis jusque dans la mort »... Le visage en pleurs de son père agenouillé sur la tombe de sa mère lui revint en mémoire.

— Et c'est uniquement pour cela que tu veux nous contraindre à rester mariés ? À cause d'une stupide devise, une croyance médiévale ? s'insurgea-t-elle.

— Pourquoi pas ? C'est l'une des raisons, oui.

— Mais c'est absurde ! Ce n'est pas réel, ça ne compte pas !

L'accent de désespoir dans la voix de la jeune femme ranima sa colère, et il répliqua :

— Ah, tu veux du réel ? Du concret ?

Sans attendre sa réaction, il l'attira brutalement à lui et pressa ses lèvres contre les siennes.

Il la serrait étroitement, la plaquant contre son torse pour l'empêcher de se débattre mais, ainsi qu'il le pressentait un peu, elle n'en fit rien – au contraire. Enroulant les bras autour de son cou, elle glissa ses doigts dans ses cheveux et répondit fiévreusement à son baiser.

Leurs lèvres se dévoraient, leurs langues se mêlaient l'une à l'autre tandis que, d'une seule et même ardeur, ils se laissaient emporter par leur émoi. C'était si bon de retrouver le goût frais et sucré de son haleine, de sentir la pulpe de sa bouche généreuse, et la chaleur de ses seins qui enflaient sur ses pectoraux.

Lorsqu'elle laissa échapper un gémissement, il s'approcha du canapé pour la renverser sur les coussins, et...

Deux coups secs furent frappés à la porte.

Aussitôt, Giulietta s'immobilisa.

— Excusez-moi, monsieur, mais la nourrice est là...

Oh non. Pas maintenant ! Hélas, il était trop tard. Sa

femme venait de faire un bond de cabri en arrière, un geste assez explicite. Un « c'est fini » sans ambiguïté.

— Giulietta…

Déjà elle s'éclipsait, et il ne lui restait plus qu'à inviter la nourrice à entrer.

6.

Surmontant le tremblement de ses mains, Juliet consulta une nouvelle fois son smartphone. Le taxi avait promis d'être là à 16 h 30, et il était déjà 16 h 40.

Elle sentait son cœur glisser sur la pente de la panique. Qu'avait-elle dit à Ralph, déjà ? Que « tout le monde ne finissait pas par ressembler à ses parents » ? Eh bien dans son cas, c'était raté. Pourquoi, mais *pourquoi* l'avait-elle laissé l'embrasser ? Pire, comment avait-elle pu l'embrasser à son tour ? Elle se revit en train de s'accrocher à sa chemise, un brasier dans le ventre, consumée de désir, aveuglée…

Mais c'était fini. Elle prenait l'avion dans trois heures. Une fois dans la salle d'embarquement, elle se sentirait plus à son aise. En sécurité. Nerveusement, elle scruta la rue et, enfin, une berline métallisée s'arrêta à sa hauteur.

Sans même attendre que le chauffeur descende lui ouvrir, elle lança :

— À l'aéroport, s'il vous plaît.

Telle une fugitive fuyant une armada policière, elle se glissa sur la banquette arrière mais, avant qu'elle ait pu refermer la portière, un étau d'acier lui enserra le poignet.

— Pas si vite.

D'un geste preste, Ralph l'attira hors du véhicule,

tandis que l'un de ses agents de sécurité bondissait vers le conducteur et lui murmurait quelques mots.

Le taxi redémarra en trombe et disparut sur la route.

Ivre de rage, Juliet se débattit et protesta :

— Mais qu'est-ce que tu fais ?

— Je pourrais te retourner la question, même si cela me semble inutile ! Partir à la cloche de bois, sans un au revoir, c'est apparemment ta seconde nature, *bella* !

Il avait raison, et elle n'en était pas fière, mais comment aurait-elle pu rester après ce qui venait de se passer ?

— Ce ne sont pas tes affaires, lâcha-t-elle.

— Bien sûr que si. Tu es *ma* femme, et tu oses prendre la fuite à la fête de baptême de *ton* filleul ? Comment crois-tu que Luca et Lucia auraient accueilli cet affront, si je t'avais laissée faire ?

Un goût acide au fond de la gorge, elle évita son regard. Elle avait eu envie de leur dire au revoir, mais il aurait fallu leur expliquer qu'elle quittait l'Italie pour de bon, et…

— Ils auraient compris, affirma-t-elle sans trop y croire.

De toute évidence, il partageait ses doutes, et il secoua la tête d'un air écœuré.

Exaspérée par son attitude, elle recula d'un pas, le défia du regard et lança :

— Tu aimes beaucoup me rappeler que je suis ta femme, Ralph, mais rien ne serait arrivé si, pour commencer, tu n'avais pas oublié que tu étais mon mari !

— Tu plaisantes ? s'enquit-il, sarcastique. Tu veux vraiment qu'on recommence ici et maintenant ?

— Non, je ne veux plus en parler, ni ici ni nulle part ! fulmina-t-elle. Je veux aller à l'aéroport.

Il la considéra d'un œil indécis.

— Tu veux partir ? En Angleterre ? Après ce qui vient de se passer ?

Refusant de se laisser déstabiliser, elle soutint son regard.

— Bien sûr, pourquoi pas ? Rien n'a changé !

— Au contraire, affirma-t-il tranquillement. Tu voulais que je te donne une raison de rester. Je t'ai embrassée. Tu m'as embrassé aussi. Point.

Ignorant le feu qui lui brûlait le front comme les joues, elle esquiva.

— Tu m'auras prise pour une autre. Ta maîtresse du moment, j'imagine. Et je t'aurai pris pour un autre : un homme à principes, doté de scrupules, incapable de mentir quand il s'est fait prendre en flagrant délit.

— Je ne t'ai pas menti.

Elle lâcha un profond soupir.

Un long silence tomba entre eux, et elle le vit soudain lever le bras pour héler quelqu'un. Quelques secondes plus tard, une luxueuse limousine s'arrêta à leur hauteur.

— Monte, Giulietta, s'il te plaît.

— Je vais à l'aéroport, répéta-t-elle d'un ton ferme.

— Parfait : voici une voiture, la portière est ouverte et le chauffeur attend.

Refusant de se laisser impressionner, elle releva le menton.

— Et moi, j'attends toujours que tu me dises qui est cette femme, puisque tu affirmes qu'elle n'est pas ta maîtresse.

— Je te le répète : elle ne nous menace en rien.

— Alors dis-moi qui elle est. Est-ce que tu l'aimes ?

Le long silence qui suivit sa question se planta dans son cœur et s'y enfonça, le lacérant avec tant de force qu'elle en eut le souffle coupé. Jamais elle n'avait eu si mal…

L'expression coupable de Ralph était le pire des aveux. Elle comprenait mieux pourquoi, depuis des semaines, il la rendait folle avec cette histoire, niant sans vraiment dénier, misant tout sur le silence : parce qu'il s'était lui-même pris au piège. Il était fou amoureux de sa maîtresse qu'il refusait de considérer comme telle : elle était infiniment plus que cela. Il ne la quitterait jamais. Oh bien sûr, il voulait aussi conserver sa femme…

Mais Juliet était trop épuisée, trop brisée pour éprouver encore de la colère. C'était fini. Vainement, elle avait lutté contre l'affreuse vérité. En tant que fille, elle avait échoué. En tant qu'épouse, elle échouait encore.

Elle ne voulait plus se battre.

— Au revoir, Ralph, conclut-elle en tournant les talons.

Il courut derrière elle et l'agrippa par le bras, plantant dans le sien un regard courroucé.

— Je te dis qu'elle ne nous menace pas ! répéta-t-il.

Non seulement elle en avait assez d'entendre cette réplique qui ne voulait rien dire, mais elle ne voulait même plus savoir la vérité. De toute façon, elle la connaissait. Pour protéger cette femme comme il le faisait, il fallait qu'elle ait pris la première place dans sa vie et dans son cœur.

— Je t'en prie, murmura-t-elle. Laisse-moi, Ralph.

Tristement, elle voulut reprendre son chemin, mais il l'en empêcha encore et, de but en blanc, déclara d'un trait :

— Ce n'est pas ma maîtresse. C'est ma sœur.

Durant une longue, une éprouvante seconde, elle leva les yeux sur son visage blême et crypté.

— Tu n'as pas de sœur, objecta-t-elle. Tu es fils unique.

Toujours livide, il arrimait ses grands yeux aux siens. Des yeux exprimant l'abattement et la prière.

— C'est ma demi-sœur.

Juliet fronça les sourcils. Elle avait l'impression d'entendre les rouages de son cerveau ronronner laborieusement. Si c'était vrai… si c'était possible… Pourquoi diable aurait-il menti ?

Soupçonneuse, elle s'enquit :

— Comment s'appelle-t-elle ?

Il hésita avant d'avouer très bas :

— Vittoria. Vittoria Farnese.

Une confusion croissante la gagnait. Elle en avait le vertige. Ce nom ne lui était pas inconnu. « Farnese »… où l'avait-elle entendu ?

— Et comment se fait-il que personne n'ait jamais mentionné son existence ? Vas-tu m'expliquer que ta famille souffre d'amnésie collective ?

— Non. Ils ne connaissent pas son existence.

Elle déglutit avec difficulté. Le ton égal de sa voix la déstabilisait.

— Tu veux dire que… Carlo a eu une liaison ?

Il secoua la tête.

— Ma mère a eu une liaison, fit-il tout bas.

Son sang pulsait fort contre ses tempes.

— Alors cette Vittoria… c'est sa fille ?

Lorsqu'il dénia encore d'un imperceptible pincement des lèvres, elle se demanda si elle n'était pas propulsée dans une autre dimension.

— *Non* ? insista-t-elle, perplexe.

— Non. Vittoria est ma demi-sœur du côté de mon père.

— Mais je ne comprends pas… Tu viens de dire que Carlo n'avait pas de maîtresse.

Cette fois, elle lut une profonde souffrance sur ses traits. Puis il reprit :

— En effet. Carlo Castellucci n'est pas mon père biologique.

Pour la seconde fois en moins de vingt-quatre heures, Juliet monta dans une voiture sans réfléchir et s'installa auprès de son mari.

Elle avait l'impression d'avoir reçu plusieurs coups

sur la tête, et Ralph, prostré, ne semblait guère plus en forme qu'elle.

Non sans mal, elle tenta de mettre de l'ordre dans ses pensées, à défaut de dompter le tumulte d'émotions qui la faisait trembler.

C'était inouï. Impossible de douter de la franchise ni du profond désespoir de Ralph. En elle se bousculaient la stupeur et l'incompréhension mais, plus que tout, les remords et la culpabilité de ne pas l'avoir soutenu.

Il y avait des semaines qu'elle se torturait à croire son époux infidèle. N'avait-elle pas toujours pensé, au fond, dès leur rencontre, que leur bonheur était provisoire, voué à l'échec ? Ne s'était-elle pas convaincue toute seule que ça ne pouvait pas marcher ? N'était-ce pas pour cette raison qu'elle s'était enferrée dans sa certitude, nourrissant le pire scénario, au lieu d'accorder à l'homme qu'elle aimait le bénéfice du doute ?

Elle avait honte de sa conduite. Il était bien facile de se cacher derrière des préjugés – de considérer que les riches se croyaient tout permis, que Ralph était forcément un milliardaire gâté sans foi ni loi…

La vérité lui renvoyait en miroir le reflet peu flatteur de sa partialité. Ainsi que l'image véritable de celui qu'elle avait épousé : un Ralph qui lui avait été fidèle et souffrait en silence d'une découverte qui…

Depuis quand le savait-il ? Qui était son père ? Une foule de questions tourbillonnait dans son esprit.

Mortifiée par sa fuite en Angleterre, elle revit le regard anxieux qu'avait lancé son mari avant de disparaître en voiture avec la jeune femme qu'il enlaçait tendrement, serrant son épaule avec une émotion visible.

Évidemment, il redoutait d'être vu. Et c'était un geste inhabituellement tendre entre un frère et une sœur adultes… Mais de la part d'un frère pour une sœur qu'il découvrait, c'était tellement normal !

— À quel moment l'as-tu appris ? demanda-t-elle.

La voiture roulait, et Juliet se décala plus près de lui, sur la banquette, posant doucement sa main sur la sienne. Il releva alors la tête pour rencontrer son regard.

— Ma mère me l'a avoué peu avant de mourir. Elle avait l'intention de le faire plus tôt, sans parvenir à s'y résoudre, et elle a fini par comprendre que son temps était compté.

La souffrance qu'elle perçut dans sa voix la bouleversa. Elle-même avait eu plusieurs discussions les yeux dans les yeux avec sa mère… Et elle ne risquait pas d'oublier la dernière. Chassant ce souvenir importun, elle s'enquit avec douceur :

— Quelqu'un d'autre est au courant ? Ton p… Je veux dire, est-ce que Carlo sait ?

Carlo Castellucci. Elle se rappela sa première rencontre avec le patriarche, lors du grand cocktail organisé pour leurs fiançailles. De taille moyenne, svelte, d'une élégance surannée dans son costume trois-pièces gris clair, l'homme à l'épaisse chevelure blanche l'avait embrassée avec simplicité et affection, mais Juliet avait perçu sa déception. Une indéfinissable tristesse dans ses yeux gris-vert.

Peut-être n'espérait-il pas que son fils épouse une héritière titrée ou une star de cinéma. Mais une moins-que-rien ? Une blogueuse du fin fond de Watford, sans famille, les poches vides ?

Difficile de lui en vouloir, d'ailleurs. Elle se mettait à sa place : Ralph était son seul enfant, son fils adoré.

S'il découvrait qu'il ne l'était pas…

— Personne. Absolument personne, sauf Vittoria et

moi. Et toi, désormais. Carlo a si passionnément aimé ma mère… Elle a dû penser que ça lui ferait trop de mal, que ça risquait de le tuer.

— Et elle n'a pas eu peur que ça te fasse trop de mal, à toi ?

Malgré elle, elle éprouvait un vague ressentiment envers Francesca Castellucci. Pas tant à cause de son infidélité que de l'attitude qu'elle avait adoptée vis-à-vis de son fils. Un adulte n'était pas mieux armé qu'un enfant quand tout son univers s'écroulait. Pour chacun, la vérité fondamentale, celle qui ne se voyait jamais remise en cause, c'était l'identité de son père et de sa mère. Apprendre qu'il s'agissait d'un mensonge…

— Elle n'a pas voulu partir sans me révéler ce secret, répondit-il.

Hélas. Si c'était si facile. Juliet avait suivi assez de séances de thérapie familiale pour en tirer au moins une certitude : ouvrir la bouche et parler ne suffisait pas à résoudre les problèmes.

— Et puis, elle a voulu me donner une chance de connaître mon père biologique, Niccolo Farnese.

Elle tenta de sonder le regard de Ralph. Aux premiers temps de leur rencontre, elle croyait le connaître, savoir ce qu'il désirait. Puis son mari était devenu opaque. Elle ignorait ce qui importait pour lui, ce qu'il recherchait, ses aspirations comme ses craintes. Pour la première fois, le mystère qu'il lui présentait n'avait rien d'hostile. Cette énigme la bouleversait.

Quant à ce nom, Niccolo Farnese, elle était sûre de l'avoir déjà vu, mais où ? Elle claqua du pouce et de l'index. Eurêka ! Un visage s'imprima dans sa mémoire. Celui d'un homme séduisant, souriant à la foule et… Oh ! bon sang !

Affolée, elle porta une main à sa bouche, se tourna vivement vers lui et balbutia :

— Tu ne veux pas dire… Niccolo Farnese, l'homme politique ?

Toute l'Europe connaissait ce philanthrope qui avait exercé de nombreux mandats nationaux.

— Lui-même, répondit-il de sa belle voix grave aux accents de velours.

La honte et les regrets l'accablèrent encore. Rien d'étonnant à ce que ce secret ait pesé aussi lourd sur Francesca et sur Ralph ! Elle n'osait imaginer le scandale qui éclaterait si la nouvelle s'ébruitait. Et Carlo qui avait été hospitalisé pour ses problèmes cardiaques…

Longuement, elle contempla son mari. Son profil si régulier. Elle avait eu le temps d'admirer quelques-uns des joyaux romains, lors de son petit séjour professionnel, avant leur rencontre. Aucun ne l'avait subjuguée comme le plafond de la chapelle Sixtine. Chaque détail de la création d'Adam lui avait fait monter les larmes aux yeux, tant la grâce du dessin de Michel-Ange semblait surhumaine.

Pourtant, elle avait été infiniment plus émue encore en regardant le visage de son futur époux, endormi auprès d'elle, dans leur lit à Rome. L'harmonie de ses traits, la pureté de son grain de peau si mat, si doré…

Elle sentit son cœur chavirer.

Il lui avait été fidèle.

Son mariage n'était pas mort. Ils pouvaient surmonter cette épreuve. Un sentiment vertigineux et terrifiant s'engouffra en elle.

— Et c'est ce que tu souhaites ? demanda-t-elle quand elle eut retrouvé son souffle. Rencontrer ton père biologique ?

Il lui renvoya un coup d'œil méfiant.

— Tu n'as pas à te soucier de ça. C'est mon problème, c'est moi qui trouverai la solution *tout seul*.

Eh bien. Il n'était peut-être pas le fils naturel de Carlo Castellucci mais, quand il le voulait, il savait imiter à la perfection son ton cassant et sans réplique, songea-t-elle, un frisson glacial dans la nuque.

Sans doute allait-elle un peu vite en pensant que leur mariage n'était pas mort, en croyant le sauver en une conversation. Ils venaient de crever un abcès, d'éclaircir un malentendu – peut-être davantage. Mais leur relation était abîmée par toutes ces semaines d'éloignement. Ralph lui en voulait de lui avoir, malgré elle et malgré lui, arraché cet aveu. De toute évidence, il n'était pas prêt à lâcher ce douloureux secret, et cette confession se payait cher.

— Tu as raison. Ce ne sont pas mes affaires.

Lentement, il se tourna vers elle.

— Comment cela, « pas tes affaires » ? Tu es ma femme, Giulietta.

— Mais c'est toi qui viens de dire que…

— Je me suis mal exprimé, coupa-t-il. Le sujet est clos, et maintenant ça suffit. Tes accusations étaient stupides et infondées, tu le sais. Je veux bien oublier le comportement insensé que tu as eu ces dernières semaines, mais je te prie de ne plus évoquer cette affaire.

Oh ! bon sang ! Durant quelques instants, elle avait failli oublier qu'elle avait épousé un homme *impossible*, un véritable tyran qui voulait décider de tout : déclarer le jeu ouvert et le fermer, énoncer les règles et en changer à sa convenance, décréter à quel moment elle avait le droit, ou plutôt le devoir, de s'intéresser à ses problèmes et quand cela redevenait interdit !

— Une épouse n'est pas une boniche qu'on sonne quand on a besoin de ses services et qu'on révoque au gré de ses caprices, rétorqua-t-elle. Je rentre en Angleterre, Ralph. Le divorce est inévitable. Nous n'avons pas du tout la même conception du mariage.

— Quoi ? éructa-t-il. Tu viens d'admettre que je n'ai jamais eu de maîtresse !

— Ça ne suffit pas pour qu'un couple tienne.

— Tu te fiches de moi ? tonna-t-il. Depuis des semaines tu m'accuses d'un crime que je n'ai pas commis, tu quittes le domicile conjugal, je respecte ta demande de solitude et, lorsque tu t'aperçois que tu avais tout faux, ça ne fait aucune différence ?

Elle croisa rageusement les bras sur sa poitrine. Bien sûr que si, cela faisait une énorme différence. Mais il refusait de s'ouvrir à elle. Il concevait leur relation uniquement sous la forme d'un jeu de pouvoir, et il exigeait d'avoir toujours la main, quitte à changer les règles en cours de partie.

Ils allaient tous deux y laisser la raison.

Au fond, il ne lui faisait pas confiance. À la vérité, elle non plus…

— Il n'y a pas d'issue, assura-t-elle. Nous ne nous comprenons pas. Les avocats n'auront qu'à conclure pour nous.

Ce qui serait facile puisqu'elle ne demandait rien. Elle ne désirait même pas récupérer sa valise au *palazzo*. Elle avait juste envie de prendre son avion, et de laisser son cœur brisé et l'Italie derrière elle.

Jetant un coup d'œil par la vitre, elle sentit son cœur cesser de battre. Ils n'étaient pas à l'aéroport. Ni même sur le chemin du *palazzo* Gioacchino.

Incrédule, elle cligna des yeux. Il n'y avait pourtant aucun doute possible. Ils ne se trouvaient pas à Vérone, mais… à Venise ! Sur le port !

Bouche bée, elle resta interdite, incapable de proférer un son. Devant elle se dressait la silhouette d'un yacht. Celui de Ralph, l'*Alighieri*.

Une véritable splendeur à laquelle il était très attaché, pensa-t-elle non sans amertume. Pendant qu'elle se languissait de son mari, les trois derniers mois de leur vie commune, il se trouvait souvent à bord de ce vaisseau.

Seul, disait-il.

Elle ne l'avait pas cru, et elle comprenait maintenant qu'il avait préféré la solitude sur son yacht à la compagnie de sa femme. C'était encore pire que d'être trompée pour une autre.

Oui, l'*Alighieri* était son rival officiel, songea-t-elle.

Tandis qu'une traînée acide lui brûlait le cœur, Ralph descendit de voiture, en fit le tour et vint lui ouvrir la portière.

Il perdait l'esprit ! Il ne s'imaginait tout de même pas qu'il allait l'emmener sur son bateau ?

— Tu as dit que tu me conduisais à l'aéroport ! protesta-t-elle.

Armé d'un calme olympien, il secoua tranquillement la tête.

— Je n'ai jamais rien dit de tel. Tu as entendu ce que tu voulais entendre. Je crois t'avoir, au contraire, assez répété que le divorce était hors de question. Et tu ne vas pas partir alors que nous sommes au beau milieu d'une discussion.

— Tu rêves ! Cette discussion est terminée, s'énerva-t-elle en tapant furieusement du bout de ses escarpins sur le tapis de l'habitacle.

— Descends, ordonna-t-il.

— Non. Ramène-moi tout de suite à Vérone.

De toute façon, elle ne quitterait pas la voiture tant

qu'elle ne serait pas devant un aéroport. Il n'aurait tout de même pas l'audace d'employer la force, si ?

— Il n'en est pas question, asséna-t-il. Nous avons à parler, toi et moi.

— Je n'ai plus rien à te dire, affirma-t-elle d'un ton buté en se tenant bien droit sur la banquette et en croisant les jambes.

Lorsqu'il se pencha vers elle pour la saisir par la taille, elle se débattit.

— Tu n'as pas le droit ! Lâche-moi !

— Ne me tente pas, répondit-il en la faisant basculer sur son épaule, comme si elle était aussi légère qu'un fétu de paille.

Affolée, elle se sentit emporter sur la passerelle.

— Parce que si je te lâche maintenant, *bella*, ajouta-t-il d'un ton moqueur, je doute que la température du bain soit à ton goût.

7.

Ignorant les protestations, les jurons et les noms d'oiseaux que lui lançait sa femme, Ralph ne consentit pas même à la reposer à terre lorsqu'il parvint à bord. En la maintenant renversée sur son épaule, il salua son skipper, Franco, ainsi que les membres d'équipage.

Puis il descendit aux cabines, ouvrit d'un coup de pied la porte de sa suite et, sans ménagement ni violence, jeta la jeune femme, tel un paquet de linge sale, sur l'immense matelas du lit *king size*.

— Mais comment oses-tu ? éructa-t-elle, hors d'elle, en se redressant.

Sa coiffure était celle d'une reine de la jungle. Disparu, le chignon sophistiqué ! De longues mèches échappées à sa chevelure ébouriffée lui tombaient dans les yeux.

— C'est un kidnapping ! accusa-t-elle.

Ses joues étaient rouges, ses lèvres brillantes, ses yeux lançaient des éclairs. Avec sa robe en désordre dévoilant ses cuisses, elle était plus sexy, plus désirable que jamais.

Dissimulant son amusement, il la considéra en se grattant le menton.

— Non, je ne crois pas. Je ne demande pas de rançon, alors techniquement… Et puis c'est de ta faute, Giulietta. Tu ne me laisses pas d'alternative.

— Parce que j'ose concevoir le mariage sous un

angle moins biaisé que le tien ? lâcha-t-elle. Parce que je refuse d'être rangée dans la petite case d'obéissante épouse-trophée que tu consens à m'accorder ?

Consterné, il secoua la tête.

— Tu vis dans un palais. Tu es assez riche pour créer ton propre magazine culinaire, tu peux te promener en jet partout sur la planète, tu as un yacht, des chauffeurs, des limousines, et ton mari est fidèle. Tu imagines le nombre de femmes qui rêveraient d'être à ta place ?

— Qu'elles la prennent, je la leur offre de bon cœur ! Ainsi que les enlèvements, les sermons, l'absence totale de confiance ! Le mariage ne se réduit pas au confort quotidien, Ralph, ni au luxe, ni au nombre de voitures à ta disposition !

Certes non. Il attendait bien davantage de son couple. Mais il voulait voir jusqu'où elle voulait aller s'il la poussait encore un peu.

— Ah bon ? Que faut-il de plus, alors ? s'enquit-il d'un ton faussement naïf.

Non sans l'avoir longuement toisé d'un œil mauvais, elle répliqua :

— L'honnêteté, pour commencer.

— J'ai été honnête avec toi, Giulietta. Et maintenant tu sais tout au sujet de Vittoria. Quoi d'autre ?

Visiblement, elle n'était même pas capable de comprendre à quel point un tel aveu le déchirait. Elle ne voulait même pas le comprendre. Cela lui était égal. Alors que, mieux que quiconque, elle aurait dû savoir – au moins depuis leurs fiançailles ! – que sa famille n'était pas comme les autres.

Le nom de Castellucci n'était pas juste un patronyme : c'était une marque. Ils vivaient dans le regard du public et tout événement, naissance, mariage, décès, devait être passé au tamis d'une imparable communication. La moindre erreur, la plus petite faute, et l'avenir était compromis ⊠ le groupe immobilier en souffrait, ainsi que la fondation, tous ceux qui travaillaient pour eux et dépendaient de leur santé financière.

Si le secret de sa naissance était ébruité, il ne serait pas le seul à en faire les frais : deux familles seraient brisées, et les conséquences feraient boule de neige.

Il n'avait rien dit à sa femme pour la protéger et, cela non plus, elle ne le comprenait toujours pas ! Le jour où il lui avait affirmé que Vittoria n'était pas sa maîtresse, elle aurait dû le croire. Lui faire confiance. Parce qu'il était son mari, parce qu'elle était sa femme, parce qu'ils s'étaient promis fidélité.

Lui, en tout cas, avait été assez sot pour lui accorder une confiance pleine et entière… Et il restait démuni devant sa trahison.

Dominant la rage froide qui l'emplissait peu à peu au souvenir de sa découverte, il répéta :

— Eh bien ? Quoi d'autre ?

— Oh ! je ne sais pas, Ralph, dit-elle d'un ton agacé. Me parler de toi, de ce que tu ressens ? Un couple est censé tout partager, dans le mariage. À commencer par la vérité.

C'en était trop. Quel aplomb ! Il planta son regard féroce dans le sien et répondit :

— C'est un excellent conseil. Dommage que tu ne commences pas par l'appliquer toi-même.

L'étonnement se peignit sur le visage de Giulietta.

— Qu'est-ce qui te fait dire ça ?

— Tu ne vois pas ? Alors permets-moi de te rafraîchir la mémoire.

Il s'avança vers elle, prit les plaquettes vides dans sa poche et les jeta sur le lit.

— C'était dans la corbeille de ta salle de bains. Tu veux parler d'honnêteté, *bella* ? De vérité ? Tu vas peut-être pouvoir m'expliquer pour quelle raison, tout le temps où tu affirmais vouloir un bébé, tu prenais la pilule en cachette.

Assise sur le lit, Juliet le dévisageait en silence.

Elle percevait sous elle le mouvement fluide du yacht quittant la lagune. Bientôt, il gagnerait l'Adriatique, et elle serait piégée avec son mari, leur mariage à l'asphyxie et leurs mensonges.

Elle voulut ouvrir la bouche, mais aucun son n'en sortit. Son cœur battait à toute vitesse. Elle avait chaud et mal au ventre.

Non, elle ne se sentait pas bien. Elle s'était mariée trop vite avec un homme qu'elle connaissait à peine, il lui avait brisé le cœur, elle était partie. C'était l'histoire tronquée qu'elle se racontait et à laquelle elle ne croyait qu'à demi.

Le bébé ? De tout son cœur, elle avait envie d'en avoir un. Mais… son beau-père pouvait mourir et ce n'était pas le moment, son mari était absent et ce n'était pas le moment… Alors oui. Elle lui avait caché qu'elle prenait encore la pilule. Oui.

— Écoute, parvint-elle à souffler, je peux t'expliquer, je…

— Tu prétendais vouloir un enfant, l'interrompit-il. Il y a quatre mois, nous en avons longuement discuté et nous étions parvenus à la conclusion que c'était le bon moment. *Nous*, Giulietta. Pas moi tout seul. Tu m'as clairement affirmé que c'était ton désir le plus cher.

Il se tenait raide comme la statue du Commandeur, et elle frémit.

— C'est vrai, et c'est ce que je voulais…

Des larmes lui montèrent aux yeux. C'était *toujours* ce qu'elle voulait. Elle n'avait pas eu besoin de prendre son adorable filleul dans les bras pour le savoir.

— Tiens donc. Tu avoueras qu'il semble difficile de le vouloir aussi fort que tu le dis, tout en prenant un contraceptif.

Le sarcasme agit tel un poison sur ses sens en pleine confusion. Elle baissa la tête.

— Je… Je suis désolée.

— De quoi ? insista-t-il, impitoyable. De ne pas avoir tenu ton engagement ? Ou d'avoir menti ?

— Je n'ai pas menti, murmura-t-elle en faisant machinalement tourner sa bague de fiançailles autour de son annulaire.

Elle réalisait qu'elle s'était inventé toutes sortes de justifications.

— Ah, je vois… Comme je ne t'ai pas demandé si tu avais arrêté la pilule, tu n'as jamais eu à répondre que non, donc tu n'as pas menti, CQFD ? Il aurait fallu que je me montre aussi peu confiant, aussi indélicat ? Mais dis-moi, simple curiosité de ma part : si je l'avais fait, qu'aurais-tu répondu ?

Oh ! bon sang, comment lui expliquer ? Comment mettre des mots sur des sentiments aussi complexes ? Il aurait d'abord fallu lui avouer qu'elle avait été abandonnée.

Lui raconter toute l'histoire de Juliet Jones. La petite fille qui attendait, les deux mains collées aux oreilles, dans sa chambre, que les hurlements cessent au rez-de-chaussée, quand on ne l'avait pas oubliée à l'école. Lui décrire une maison où on manquait toujours de nourriture, mais jamais d'alcool. Puis le défilé des familles d'accueil…

C'était sordide. Pathétique et sordide. Elle avait tant lutté pour mettre ce passé derrière elle, se concentrer sur ses études et sur une vie honnête. Comment lui dévoiler ce personnage sans perdre son estime ?

C'était pour cela qu'elle avait fui, cinq semaines plus tôt. Pour faire disparaître la femme qui n'avait pas confiance en son propre mari.

— Je ne sais pas, avoua-t-elle.

Un nouveau silence tomba sur la cabine. Le genre de silence qui précède un ouragan.

— Je regrette, mais il va falloir trouver mieux que ça, déclara-t-il d'une voix tremblante de colère. Tu n'as pas pris la pilule par habitude une seule fois. *Deux blisters ! Cinquante-six* jours ! Ça n'a rien d'un oubli ni d'une erreur ! C'était délibéré, Giulietta !

Il serra les poings, lui décocha un regard désespéré et conclut :

— Tu n'as jamais voulu tomber enceinte. Quand je pense à cette accusation délirante que tu as répétée, qui t'a servi d'alibi pour disparaître plus d'un mois ! Tu m'as traité de malhonnête, moi… Quelle hypocrite !

— Ce n'est pas juste ! plaida-t-elle. Je voulais un bébé quand nous en avons discuté. Mais ensuite, tout a changé. *Tu* as changé.

Bien avant qu'elle ne le surprenne au bras de Vittoria, elle avait perdu l'homme qui l'emmenait regarder le lever du soleil au-dessus de la fontaine de Trevi, ou avec qui elle traversait en courant le parc Borghèse pour déguster le pique-nique qu'il avait préparé – un panier rempli de fromages, de petits pains aux olives, de cerises rouges et juteuses…

À cette époque, ils ne pouvaient pas se passer l'un de l'autre. Peu à peu, leur relation s'était délitée. À la maison, son mari, les rares fois où il était présent, lui adressait à peine la parole. Non parce qu'il était fâché contre elle, mais pire encore, *parce qu'il n'avait rien à lui dire*. Il préférait les mouettes et son bateau.

— Incroyable ! s'exclama-t-il en levant les yeux au plafond. Alors c'est de *ma* faute si *tu* m'as menti ?

— Ce n'est pas ce que je dis, opposa-t-elle calmement. J'essaie de te décrire ce que j'éprouvais.

Maladroitement, et en vain. Ils n'avaient jamais su communiquer. Leur seul langage commun était purement physique, mais le sexe ne résoudrait pas une crise de couple si profonde.

— Tu n'es plus l'homme que j'ai épousé, Ralph.

Il la contempla longuement sans mot dire. Enfin, il répondit :

— Voilà enfin un point sur lequel nous sommes d'accord.

Là-dessus, il tourna les talons et claqua la porte derrière lui.

Dans un fauteuil club du bar, une bouteille de whisky et un verre vide posés devant lui, Ralph écoutait le battement lourd et colérique de son cœur dans sa cage thoracique.

Il avait longtemps attendu le moment de mettre Giulietta au pied du mur. Rien ne s'était déroulé selon son plan.

Il se servit un deuxième verre. Quel poète avait écrit qu'on perdait seulement ce que l'on voulait perdre ? En ce qui le concernait, c'était faux. Depuis l'instant où il avait rencontré Giulietta, il n'avait voulu qu'elle. Surtout, il était certain d'avoir trouvé ce qui ne lui était pas venu à l'idée de chercher : la femme de sa vie.

Intelligente, belle, indépendante et libre, sensible et désintéressée. Il la voulait autant qu'elle le voulait, lui. Pas pour son argent. Ni pour son nom. À cet égard, il n'avait jamais eu de doute.

Qu'avait-il donc raté ? Quelle était son erreur ?

Il caressa distraitement le verre, ses facettes de cristal, admirant la teinte d'ambre du liquide.

Le jour de leur rencontre, il y avait tout juste cinq mois que sa mère lui avait fait sa confession. Et six mois, quasiment jour pour jour, qu'il avait fait la connaissance de Vittoria, venue le voir au *palazzo*, armée du paquet de lettres qu'elle avait trouvées.

Les lettres d'amour de sa mère, Francesca, au père de Vittoria, Niccolo… Témoignage d'une passion incandescente qu'il avait eu du mal à lire, mais qu'il n'avait su se résoudre à ignorer. Et puis, il y avait ce message, l'année précédant sa naissance, où elle priait Niccolo de la rejoindre le plus rapidement possible parce qu'elle avait « une nouvelle » à lui annoncer.

Dans un premier temps, lorsqu'il lui en avait parlé, sa mère avait refusé toute discussion. Au soir de sa mort, elle avait fini par lui confirmer ce qu'il avait deviné : il était le fils de Niccolo, non de Carlo.

La maladie de sa mère, les obsèques, son père endeuillé… Ralph avait eu besoin de prendre un peu de recul. Tel était l'objectif de son long séjour à Rome : s'éloigner de sa famille, assimiler ces nouvelles données dans un environnement plus neutre.

Quitter un moment Vérone et le destin tout tracé qui était le sien depuis sa naissance, en tant qu'héritier de l'empire Castellucci.

Lui qui n'était, en réalité, qu'un imposteur, un passager clandestin. Le mensonge lui pesait. Mais comment dire la vérité ? Elle n'avait rien de léger : elle aussi, elle pesait lourd en termes de conséquences.

Le nom des Castellucci allait s'éteindre. Son pauvre père, certain d'avoir assuré la succession de son héritage ancestral, mourrait de chagrin – d'avoir manqué à ses aïeux, d'avoir été trahi par son épouse adorée, ou d'avoir perdu son fils… peut-être les trois à la fois. Cinq cents ans d'histoire étaient en jeu, et l'avenir de plusieurs milliers de collaborateurs.

Du matin au soir, ce tourment le poursuivait. Puis il avait rentré Giulietta. Et avec elle, tout était devenu limpide : il pouvait fonder sa propre famille, clore ce chapitre douloureux pour en ouvrir un autre, galvanisant et plein d'espoir.

Plein d'espoir…

Comme le chagrin d'avoir perdu tout cela menaçait de le rendre fou, il poussa un long et bruyant soupir.

— Tu crois vraiment que c'est une bonne idée ?

Il se retourna et vit sa femme accoudée au bar. Elle portait toujours sa robe à cerises, mais elle était pieds nus, démaquillée, les cheveux lissés et attachés. Qu'allait-elle faire, maintenant ? Plonger, nager jusqu'en Angleterre ?

— De respirer ? s'enquit-il, ironique. Ça dépend probablement si tu préfères être veuve ou divorcée.

— Je parlais du whisky.

Il la considéra avec attention. Elle ne souriait pas. Elle le fixait d'un air… indéchiffrable.

— Je suis désolée, souffla-t-elle. Je m'en veux de ne pas t'avoir avoué que je prenais toujours la pilule. J'avais sincèrement prévu d'arrêter lorsque ton père est tombé malade. Sur le moment…

— Je comprends, admit-il très bas. Les choses n'étaient pas simples, à ce moment-là.

Il l'avait abandonnée à elle-même. Fou d'inquiétude au sujet de Carlo, il s'abîmait dans le travail, les obligations. Il avait cru qu'il allait le perdre. Il ne pensait pas que sa femme avait besoin de lui.

— La journée a été longue, observa-t-il. Tu ne veux pas me tenir compagnie ?

Elle prit un verre, le rejoignit et se servit un fond de whisky.

— Je voulais sincèrement ce bébé, poursuivit-elle. Mais un enfant n'est pas un accessoire… Il faut lui garantir l'amour, la sécurité.

— Tu… Tu ne doutes tout de même pas de mon aptitude à aimer mon enfant ? balbutia-t-il, stupéfait.

— *Notre* enfant, Ralph. Pas le tien : le nôtre. Mais je ne compte pas vraiment, n'est-ce pas ? C'est tout le problème.

— C'est absurde ! C'est *avec toi* que j'ai voulu, que je veux un enfant. Notre couple allait très bien avant que tu ne m'accuses de t'avoir trompée.

— Comment peux-tu dire cela ? Notre mariage était déjà en miettes. Sinon, pourquoi aurais-je pensé que tu avais une liaison ? Tu n'étais plus jamais là. Quand tu ne travaillais pas, tu partais seul sur ce maudit yacht.

Il y avait du vrai dans ce discours… La perspective de perdre son père si peu de temps après sa mère, le fait de lui cacher qu'il n'était pas son fils… Tout cela le rongeait de l'intérieur, et il avait consacré un temps fou en visites à ses tantes, à ses cousins, cherchant dans leurs visages, dans leurs voix, dans leurs goûts, le lien familial qui les avait toujours unis avant l'incroyable révélation. Cherchant à se convaincre qu'il était un peu un Castellucci. Et cherchant à éviter Carlo.

— C'est vrai, mais c'était trop dur d'être à Vérone.

Trop tard, il s'aperçut qu'il venait de s'exprimer à haute voix.

Une nouvelle fois, il entretenait le malentendu.

8.

Sa franchise faisait fuir sa colère. Juliet fixa le visage décomposé de son mari.

— Tu étais bouleversé, rappela-t-elle avec douceur.

C'était compréhensible. Son père pouvait perdre la vie, quelques mois après sa mère. Et Ralph était écartelé entre le désir de révéler à Carlo la vérité et le besoin de le protéger. Une position infernale – épuisante.

C'était le moment qu'elle avait choisi pour disparaître en Angleterre… Puis, en son absence, il avait trouvé ses plaquettes de pilule. Vides.

Quel gâchis. Pendant ce temps, elle trempait son oreiller de larmes à propos d'une infidélité imaginaire.

— Je voulais t'expliquer ce qui m'arrivait, dit-il. Pourquoi je me sentais si coupable vis-à-vis de Carlo. Mais tu m'as surpris avec Vittoria et, après ton départ, je suis tombé sur la preuve que tu ne voulais pas d'enfant.

Elle hocha silencieusement la tête.

— Et tu ne t'es jamais dit que c'était peut-être fini ? Qu'il fallait renoncer ?

— Non. Nous pouvons surmonter tout cela, assura-t-il en plongeant son regard dans le sien.

— Comment ? Nous n'arrivons jamais à nous comprendre, lâcha-t-elle, les larmes aux yeux.

— Oh ! Giulietta…

Il étendit la main pour essuyer délicatement sa joue. Puis il se leva et l'attira doucement à lui, répétant tout bas son prénom en italien, caressant ses cheveux avec une tendresse qui lui étreignit le cœur. Incapable de bouger, elle se laissa griser par son parfum aux accents boisés. Un vertige délicieux s'emparait de ses sens. Il était un roc, et contre ce torse puissant et tiède, elle était déliée de ses tourments… Peu à peu, elle se sentit comme une fleur s'ouvrant au soleil, et attendit son baiser.

À peine effleura-t-il ses lèvres des siennes qu'elle s'abandonna. Elle avait terriblement envie de lui. Savourant la pression de ses lèvres chaudes et exigeantes, elle enroula les bras autour de son cou avant de caresser sa nuque, puis de faire crisser ses doigts dans son épaisse chevelure, si soyeuse, si masculine. Comme il la pressait plus étroitement contre lui, ses seins se gonflèrent d'un désir irrépressible. Dans ses veines courait une lave dévastatrice, et elle étouffa un gémissement contre sa bouche lorsqu'il souleva sa robe pour caresser ses cuisses, ses hanches.

— Crois-moi, *bella*, chuchota-t-il, nous parvenons très bien à nous comprendre.

Enroulant sa langue autour de la sienne avec volupté, elle sentit sa température grimper encore et chercha, de ses mains fébriles, le contour de ses pectoraux sous sa chemise. La forme fière et dure de son érection s'imprimait contre son bas-ventre.

Assoiffés l'un de l'autre, ils titubèrent jusqu'à ce que Ralph plaque les mains sur ses fesses pour la relever et la renverser sur le canapé.

Elle se mit à haleter et chercha le zip de son pantalon pour en sortir son sexe. Il lâcha un grondement rauque dès qu'elle se mit à caresser la peau si fine de son membre durci, afin de le guider entre ses cuisses.

Ralph voulut la débarrasser de sa robe, mais elle se débattit, trop pressée de le sentir en elle – comme à Rome, dans les toilettes d'un restaurant où il l'avait prise contre une porte.

— Non, viens tout de suite ! insista-t-elle en l'aidant à la débarrasser de son string.

Il arrima son regard au sien, et la pénétra d'un puissant coup de reins.

La brûlure était si exquise, elle l'avait attendue avec tant d'impatience qu'elle lâcha un cri avant d'enrouler les cuisses autour de ses reins afin de l'inciter à s'enfoncer davantage encore. Un merveilleux volcan entrait en éruption en elle. Des sensations divines électrisaient sa chair et, accrochée à son cou, elle ondulait avec lui, sur un rythme tribal et de plus en plus soutenu.

Brûlante, elle sentit enfin la vague de l'orgasme l'emporter, exactement à l'instant où il la retrouvait dans une extase pure.

Ralph se réveilla en sursaut, le cœur battant à se rompre, tous ses muscles bandés au maximum. Il était trempé de sueur. Ouvrant les yeux, il chercha à percer l'obscurité.

Il était dans son lit, dans la cabine, Giulietta allongée à côté de lui. Il faisait noir, mais il devina que les premières lueurs de l'aube allaient se dessiner.

Perclus de courbatures, il avait l'impression de s'être battu contre une équipe entière de lutteurs professionnels, et il lui fallut une longue minute pour cesser de haleter, respirer normalement.

Ce n'était qu'un rêve. Enfin, une sorte de rêve, entre le cauchemar et la crise d'angoisse. Toujours le même, qui l'éveillait dans cet état de panique, depuis le jour où sa mère lui avait dit la vérité au sujet de son père.

Le récit commençait systématiquement sur la même

trame : Ralph rentrait au *palazzo* Gioacchino le soir, après le travail. Francesca était vivante, il l'entendait bavarder avec Carlo dans le petit salon.

Mais dès qu'il y entrait, sa mère avait disparu et Carlo lui déclarait :

— Tu n'as rien à faire ici. Tu n'es pas mon fils.

La honte et la terreur le dévoraient – et il se réveillait, les mains agrippées sur le drap humidifié par ses paumes.

Cette fois, dans son rêve, tout était semblable sauf la fin. C'était Juliet dans le salon, et elle lui disait :

— Tu n'as rien à faire ici. Tu n'es pas mon mari.

Le cri d'une mouette le fit tressaillir, mais il éprouva aussitôt un intense soulagement à naviguer sur son yacht avec Giulietta, qu'il contempla longuement.

Elle dormait profondément, son adorable visage niché dans l'oreiller, le souffle paisible et régulier. Elle était bien réelle. Et elle se trouvait ici, avec lui.

Contre son gré, se rappela-t-il. Enfin, peut-être pas après les trois étreintes magiques ayant suivi leurs retrouvailles charnelles au bar. Du moins, il l'espérait sincèrement. Dès l'instant où ils avaient regagné la cabine, leur appétit l'un pour l'autre était devenu impossible à rassasier. Sa femme de braise l'avait chevauché, avant de lui demander de la prendre debout face au hublot et à la mer, et après bien des explorations orales, ils avaient fait l'amour très lentement, à la paresseuse, pour s'endormir dans la tiède ivresse du plaisir.

Ralph la regarda encore, et songea à leur conversation. C'était elle qui avait raison : il l'avait négligée. La maladie de Carlo et l'état consécutif de panique où il était précipité l'avaient rendu aveugle aux besoins les plus élémentaires de son épouse.

Trahi par le passé, piégé dans un présent incertain, il

avait tout misé sur un avenir exclusivement incarné par l'enfant qu'ils allaient avoir. Seulement, durant toute cette période, la jeune femme ignorait tout des démons qui torturaient son mari. Aucun indice ne lui permettait de décrypter ce mutisme soudain, cette mélancolie où il s'enfermait, la privant de toute confidence, de toute confiance.

Alors cette histoire de pilule… Puis la facilité avec laquelle elle avait cru qu'il en aimait une autre…

Oui, il commençait à discerner un fil logique dans le déroulement des événements.

Et maintenant ? Elle était de retour dans son lit, mais il la voulait pour de bon. Pour toujours. Il allait falloir la persuader que cette nuit n'était pas juste une trêve purement physique, mais la première étape de leur réconciliation.

Un peu apaisé, il s'étendit sur le dos et se laissa doucement happer par le sommeil.

Quelques heures plus tard, lorsqu'il se réveilla, le lit était vide.

Le soleil était déjà haut dans le ciel, et Ralph mit un certain temps à localiser sa femme. Elle n'était pas partie prendre son petit déjeuner, ni faire un plongeon dans la piscine. Il la trouva sur le pavois, à pratiquer ses positions de yoga.

Toutes sortes d'idées avaient eu le temps de lui traverser l'esprit, y compris celle d'une fuite en canot de sauvetage, et il sentit une exquise nappe de soulagement lui réchauffer la poitrine en la regardant à la dérobée. Elle portait un short en coton couleur pêche sur son maillot de bain, ses cheveux étaient remontés en queue-de-cheval, et il vit quelques gouttes de sueur briller sur ses omoplates dans un rayon de soleil.

Chacun de ses mouvements avait la lenteur et la grâce

de ceux des plus mystérieuses créatures aquatiques nichées dans les fonds marins.

Longtemps, elle resta en équilibre sur la pointe des pieds, une paume à plat sur le sol, le bras gauche tendu. Elle lui tournait le dos, lui offrant tout loisir d'admirer son anatomie et sa souplesse. Enfin, elle se retourna et l'aperçut.

— *Buongiorno,* dit-il en souriant.

Puis il joignit les mains, s'inclina et ajouta :

— Ou préfères-tu « *Namasté* » ?

Ses longs cils noirs battirent plusieurs fois sur ses yeux, et le sourire qui s'étira sur ses lèvres fut timide.

— Bonjour, répondit-elle.

— Je suppose que tu n'as pas encore pris ton petit déjeuner ? Je vais le commander. Va prendre tranquillement ta douche et rejoins-moi sur le pont, d'accord ?

Un quart d'heure plus tard, elle le retrouvait devant la table généreusement garnie par le chef. Ainsi qu'il le redoutait, son expression distante et fermée n'avait pas disparu.

Il fit mine de l'ignorer et attendit qu'elle soit assise pour lui proposer un mélange de fruits frais et secs. Alors qu'il savait qu'elle ne commençait jamais ce repas avec un café, il demanda :

— Thé ou café ?

— Thé, s'il te plaît.

Redoutant soudain qu'elle se méprenne sur son intention, qu'elle imagine qu'il avait oublié ses préférences, il se hâta de verser un nuage de lait dans sa tasse et poussa le pot de miel dans sa direction.

Hélas, même ce geste ne lui valut pas un sourire.

— Tout cela est très civilisé, n'est-ce pas ? ironisa-t-il en s'efforçant de détendre l'atmosphère.

— Tu sais ce qui serait vraiment civilisé ? rétorqua-t-elle du tac au tac. Que tu fasses faire demi-tour à ce yacht pour me ramener à Venise.

Ralph ne répondit pas. Il prit une profonde inspiration d'air marin.

— Tu te fiches sincèrement que je ne souhaite pas me trouver ici ? insista-t-elle.

Il haussa les sourcils.

— Sur ce bateau ?

— N'importe où avec toi, précisa-t-elle.

— Dans ce cas, nous pourrions peut-être évoquer la nuit passée ?

À ces mots, Juliet sentit sa gorge se bloquer. Une brève bouffée de chaleur lui donna le vertige. Comment décrire leur nuit ? Ce qu'ils avaient vécu était à la fois inévitable et miraculeux. Comme de mélanger du potassium à de l'eau en attendant l'explosion.

Elle n'avait aucun souvenir de l'instant où elle s'était endormie mais, à un moment donné, dans la nuit, elle avait entrouvert les yeux et, en se trouvant blottie dans la chaleur du corps de Ralph, elle s'était demandé si elle ne venait pas de faire un rêve érotique incroyablement réaliste.

Hélas, ce n'était pas un rêve.

Elle releva vers lui un regard froid. Il était trop tard pour se perdre en regrets. Et comment regretter des sensations aussi prodigieuses, une telle impression de plénitude et de bien-être ?

En se balançant sur son siège, elle fouilla sa mémoire à la recherche de la seconde où elle avait cessé de lutter contre ce qui devait forcément arriver. Non, non. Elle n'avait pas été passive. Elle ne l'était jamais. Il s'agissait plutôt du moment où, comme lui, elle avait voulu céder à la passion, la déployer, la faire jaillir encore et encore, dans leurs étreintes incendiaires.

C'était peut-être un regard, au bar, ou le baiser enfiévré. C'était si bon. Si fort. Malgré elle, elle contempla le T-shirt à rayures marines que portait Ralph, se rappelant la fine toison courant le long de son ventre jusqu'aux abdominaux, cette musculature superbe, cette peau lisse et tendue...

Durant ses cinq semaines de célibat auto-infligé, elle avait cru être capable de réapprendre à se passer de lui. De son corps et de ses caresses. C'était illusoire. D'ailleurs, même pour dormir, elle avait besoin de le sentir près d'elle.

Raison pour laquelle elle lui en voulait. Il l'avait rendue dépendante.

En fait, la nuit dernière illustrait à la perfection le dysfonctionnement dans lequel ils s'enferraient. Dès qu'ils ne trouvaient pas de solution par le dialogue, ils se raccrochaient à la seule qui ne les trahissait jamais : l'union de leurs corps. Le problème restait entier, il s'aggravait, et... C'était un cercle vicieux, et non une base saine pour un mariage réussi, encore moins pour la conception d'un enfant qui...

— Laisse-moi deviner, suggéra-t-il en la toisant d'un regard perçant. Tu es en train de penser que c'était une erreur, que tu n'aurais jamais dû coucher avec moi, que le sexe ne veut rien dire et que, de toute façon, ça ne se reproduira plus.

Bien essayé, songea-t-elle, mais ce n'était pas exactement l'état de ses réflexions. La panique s'infiltrait doucement dans ses veines. Cent fois par le passé, elle s'était demandé comment sa mère avait pu commettre erreur sur erreur, et elle redoutait maintenant de le savoir.

Elle le dévisagea sans mot dire, préférant ne pas courir

le risque de proférer une bêtise. Mais elle ne pouvait plus mentir. Pas après ce qu'ils avaient traversé ces derniers mois. Pas à ce sujet.

— Je ne prends plus la pilule, énonça-t-elle lentement. J'ai arrêté juste avant de rentrer en Angleterre.

Incapable d'en dire davantage, elle songea à sa hâte, dans le bar du yacht. Pas une seconde elle n'avait songé à la contraception. Elle l'avait voulu en elle tout de suite. Plus tard, dans la chambre, l'idée ne l'avait pas davantage effleurée. Elle se mit à compter mentalement les jours, et son rythme cardiaque s'accéléra. Oh ! bon sang…

— Je suis à douze jours dans mon cycle, reprit-elle d'un ton saccadé.

Treize ce matin. Du calme, du calme, s'enjoignit-elle. Elle n'allait pas piquer une crise de nerfs alors que toutes les probabilités jouaient en sa faveur. Combien de femmes tombaient enceintes au premier rapport après l'arrêt de la pilule ? Quelques-unes, sans doute. Mais pas beaucoup. Pas elle. Bien sûr que non. Tout allait bien. Tout irait bien.

— Tu es en train de me dire que tu pourrais être enceinte ? demanda-t-il en insistant sur la marque du conditionnel.

Néanmoins, en l'entendant verbaliser ses doutes, elle sentit une lumière l'irradier de l'intérieur, atomisant sa panique comme par un coup de baguette magique.

Oui, c'était exactement ce qu'elle était en train de dire, et elle ne pouvait lutter contre l'excitation joyeuse qui pulsait dans ses veines. Perdait-elle la tête ? Elle éprouvait la même ivresse que si elle venait d'absorber trois verres de *prosecco*.

Du calme, du calme… tout irait bien.

— Euh… J'ignore quel est le pourcentage de chances mais oui, c'est possible, admit-elle.

C'était terrible. Elle perdait l'esprit – elle était comme sa mère. Soudain, elle se sentit prise dans une toile d'araignée. Elle avait consacré toute son énergie à ne jamais ressembler à Nancy Jones. À être prudente, sage, bonne élève, concentrée sur son indépendance et un avenir stable.

En fait, elle était pire que sa mère, qui avait l'excuse de l'âge lorsqu'elle était tombée enceinte à dix-sept ans. Elle en avait vingt-cinq. Rien ne justifiait une conduite aussi irresponsable.

— Pourquoi as-tu décidé de ne plus prendre de contraception ? interrogea-t-il.

— Je ne sais pas. J'étais partie, je n'en avais plus besoin, et…

Tout se mélangeait dans sa tête. Un épais brouillard ralentissait sa pensée. Était-elle condamnée par une espèce de malédiction à répéter les erreurs de sa mère ? Ou bien était-elle en train de se punir, de s'interdire bêtement d'éprouver une grande joie ? Et si elle n'était pas enceinte ? Devait-elle interpréter sa panique comme un début de dérèglement hormonal ?

— S'il s'avérait que tu es enceinte, dit-il prudemment, tu sais que rien ne pourrait davantage me combler de joie.

9.

Juliet releva la tête vers son mari et lut tant de gentillesse dans son regard vert-de-gris qu'elle en eut les larmes aux yeux. Il était si tentant de se rappeler les premiers jours de leur rencontre, leur lune de miel, les semaines de pur bonheur qui avaient suivi leur mariage. Mais…

— Je ne le suis peut-être pas, avertit-elle.

Un long silence suivit son observation, à peine troublé par le murmure d'une mer d'un bleu royal.

— Il n'existe qu'un moyen de le savoir…

Ralph se leva de son siège, sortit son smartphone de sa poche et alla faire quelques pas sur le pont.

Pour sa part, elle ne savait plus comment appréhender ce tremblement de terre. En elle s'éveillait déjà un amour infini pour un bébé qui n'existait probablement pas. Elie se sentait pousser des ailes à l'idée de porter un petit garçon ou une petite fille aux grands yeux caramel – ou verts ? Ou peut-être noirs, ou bleus ? Un enfant qu'elle rêvait de connaître, de presser contre son cœur.

Le sourire attendri de Ralph devant son filleul, lorsqu'il l'avait vu à l'église, l'avait bouleversée. Pas un instant elle ne doutait que leur bébé pourrait compter sur tout l'amour, toute l'attention de son père. Et elle ? Saurait-elle être une bonne mère ? Après son échec en tant que fille, puis en tant qu'épouse ?

Se posait également la question de leur union… Impossible de séparer un enfant de l'un de ses parents, de faire peser sur lui un choix qui n'était pas le sien. C'était trop cruel, elle en était la preuve vivante après la suite sans fin de familles d'accueil qu'elle avait connue… Tous les futurs parents désiraient offrir la stabilité à leurs enfants mais, pour elle, il ne s'agirait pas d'un objectif à atteindre. C'était un principe préalable. Par conséquent, elle devrait rester l'épouse de Ralph ! Plus de divorce !

Était-ce ce qu'elle voulait ?

— C'est réglé, annonça-t-il en se rasseyant.

Résistant au vertige qui l'envahissait, elle releva vers lui une mine indécise.

— Quoi donc ?

— Je viens de discuter avec le Dr Masi. Une excellente obstétricienne, qui te recevra dès que tu le souhaiteras et qui peut réaliser un test fiable huit jours après la conception.

Huit jours ! Si vite ?

— Je vois, maugréa-t-elle. Et ça règle tout, je suppose : si je suis enceinte, on fait comme si rien ne s'était passé entre nous, et vogue la galère ? C'est ça ?

Il la sonda d'un regard grave.

— Tu es injuste.

— Tu crois ? Je te connais, Ralph.

— De toute évidence, non. Parce que si tu me connaissais ne serait-ce qu'un peu, tu saurais que je n'ai pas du tout pour habitude de faire l'autruche et de prétendre que tout va bien si ce n'est pas le cas. Cela dit, il faudra bien savoir si oui ou non tu es enceinte.

Elle hocha la tête. Il avait raison. D'ailleurs, elle avait croisé Monica de Masi lors d'une soirée, et elle avait appris que c'était l'obstétricienne favorite des familles fortunées dans tout le nord de l'Italie.

Ce qui la mettait mal à l'aise, c'était la façon qu'avait Ralph de planifier les choses comme s'ils étaient redevenus un couple sans histoire.

— Et si je me contentais du test qu'on trouve dans toutes les pharmacies ?

Il fronça les sourcils.

— Son cabinet est très réputé. Elle saura poser un diagnostic fiable et répondre à toutes tes questions.

Juliet se tut. Ralph ne lui faisait pas confiance. Il la croyait capable de mentir au sujet du résultat d'un test de grossesse, ou de profiter d'une course dans une pharmacie pour s'évaporer dans la nature.

Difficile de lui en vouloir. À sa place, elle aurait manifesté la même méfiance. Mais ça faisait mal.

— Je n'ai pas envie de le découvrir en achetant un kit, reprit-il. J'aimerais que ce soit un moment préparé dans les formes.

Elle sourit.

— On ne peut pas dire que ce soit ainsi que nous avons commencé… Nous nous sommes jetés l'un sur l'autre comme des bêtes sauvages. Mais c'est ma faute. Je me suis montrée irresponsable. Toi, tu ne pouvais pas savoir que…

— Nous avons fait ce que nous brûlions d'envie de faire, *bella*, coupa-t-il. Animés par la même passion, sans nous inquiéter des conséquences. Il est rarissime que deux êtres soient emportés par une telle force. Tu en as conscience Giulietta ?

Ses mots visaient juste, et en levant les yeux sur son visage d'Apollon, elle se sentit fléchir. Pourtant…

— Ce n'est pas si rare, opposa-t-elle sombrement. Mes

parents étaient victimes d'une attirance magnétique. Une force physique les dépassait…

Elle parlait trop. Les mots étaient sortis tout seuls. Mais elle ne put se retenir et enchaîna :

— C'est à cause du sexe qu'ils sont restés ensemble si longtemps. Mais leur relation était une catastrophe et il aurait mieux valu qu'ils ne se rencontrent pas.

Ralph perçut très bien la fêlure dans sa voix. Lui-même sentait son cœur se fendre.

La pensée que Giulietta puisse porter un enfant, leur enfant, produisait sur lui l'effet d'une déflagration nucléaire. C'était ce qu'il désirait de toute son âme, depuis que sa mère lui avait fait sa confession et qu'il en avait perdu le lien avec son identité.

Il s'efforçait de se remettre d'un double deuil, au moment où il enterrait sa mère et l'ancien Ralph Castellucci. Il lui avait fallu plusieurs mois pour mesurer la profondeur de son chagrin et de son désarroi, l'étendue des dégâts causés par la révélation de sa naissance.

La possible grossesse de Giulietta était comme une ancre, la promesse d'un port et de la fin d'une douloureuse odyssée. C'était aussi le lien retrouvé avec sa famille, ses ancêtres, le nom des Castellucci.

Aussi son désir de devenir père était-il clair, entier, sans ambiguïté.

Or il ne s'agissait pas seulement de lui. Ni même de l'hypothèse que Giulietta soit déjà enceinte.

Il sentait bien qu'elle luttait. Il percevait chez elle un épuisement nerveux, comme si elle se battait contre une force mauvaise depuis trop longtemps. Et seule. Toute seule.

Il ignorait presque tout de son passé, de son enfance.

C'en était même effrayant : ce qu'il savait tenait en quelques lignes.

Ses parents s'étaient séparés et, lorsque sa mère avait rencontré trop de difficultés matérielles, Giulietta avait été placée dans une famille d'accueil, qu'elle avait quittée à l'âge de seize ans pour devenir pensionnaire au lycée et gagner son argent de poche dans la cuisine d'un restaurant gastronomique.

Au début, il ne s'était guère inquiété de la réticence de Giulietta à s'épancher, lui-même ne tenant pas à s'étendre à propos de sa famille.

Il commençait à regretter amèrement sa légèreté. Les silences de sa femme cachaient, de toute évidence, quelque chose d'essentiel. Une clé de sa personnalité.

D'un ton faussement détaché, il s'enquit :

— Combien de temps sont-ils restés ensemble ?

Elle hésita, avant de hausser les épaules.

— Dix ans, en pointillé.

Elle évitait soigneusement son regard.

— Dix ans, ce n'est pas rien, observa-t-il. Ils devaient partager autre chose qu'une entente parfaite au lit.

— Oh oui, rétorqua-t-elle aussitôt, une lueur intense dans les yeux. La rage. Le ressentiment. Un besoin maladif d'accumuler les malentendus. Le tout, en commençant et en finissant toujours par le sexe.

Elle déglutit et ajouta :

— Tu sais, longtemps j'ai cru que ce qu'on appelait « les préliminaires », c'était s'insulter, s'accuser, piquer une crise de colère.

Elle secoua tristement la tête. Suspendu à ses lèvres, il était pétrifié sur son siège.

— Je n'étais pas prévue au programme. Mes parents se connaissaient à peine quand ma mère est tombée enceinte. Ces deux-là n'auraient jamais dû avoir d'enfant, et je ne voulais surtout pas leur ressembler. Je souhaitais que jamais nous ne soyons comme eux. Et pourtant, c'est arrivé.

La douleur qui lui étranglait la voix le bouleversait. Il avait envie de se lever, de la prendre dans ses bras et de la consoler – mais il n'allait pas commettre cette erreur.

— Personne ne choisit ses parents, *bella*, dit-il d'un ton grave. Les circonstances de notre conception ne nous appartiennent pas. En revanche, il nous revient de choisir comment conduire notre vie, et nous deux, toi et moi, nous ne suivons pas la trace de nos parents respectifs sur ce plan. Nous n'avons pas non plus à choisir entre deux solutions extrêmes : nous battre indéfiniment ou nous séparer à jamais.

Sa femme l'écoutait. Il se pencha au-dessus de la table et posa les doigts sur son menton pour affirmer :

— Nous allons trouver notre propre voie, Giulietta. Quelle qu'elle soit, nous ferons en sorte que ce soit la bonne, et que ça fonctionne. Je te le promets.

Elle fronça les sourcils.

— Comme si c'était si simple !

— Aller voir un médecin est assez simple. Une fois que tu auras fait le test, eh bien…

— Oui ? interrogea-t-elle avec un sourire ironique. Ensuite, que ferons-nous ?

— Je ne sais pas, avoua-t-il avec calme. Je ne dispose pas de toutes les réponses, bien sûr, mais je sais au moins que si tu es enceinte, nous ne pourrons plus nous permettre de poursuivre cette guerre. Nous devrons établir une relation apaisée, dans l'intérêt de notre enfant. Et parce que nous devons résoudre plusieurs problèmes, j'ai le sentiment que te ramener à Vérone maintenant serait un aveu d'échec de notre part à tous les deux. Une démission.

Pour la première fois depuis le début de la matinée, il fut persuadé d'avoir employé la bonne formule. Un argument porté par une tonalité bienveillante. Un intense soulagement le gagna, aussi ajouta-t-il :

— Puisque nous devons attendre une semaine avant de réaliser ce test, pourquoi ne pas la passer ici, en croisière ?

Elle s'esclaffa.

— Tu me demandes mon avis *après* m'avoir kidnappée ? Quel gentleman !

— C'est vrai. Je ne peux pas revenir sur la brutalité de mon initiative, mais sache qu'à compter de cet instant tu es libre de rester ou de partir. Sache simplement que j'aimerais que tu restes.

Comme elle ne disait rien, qu'elle semblait peser le pour et le contre, il résista une nouvelle fois au désir de la prendre dans ses bras. De lui faire l'amour, comme durant la nuit – inlassablement, dans toutes les positions.

— Si tu le souhaites, ajouta-t-il en surmontant sa répugnance à prononcer ces mots, tu auras ta propre cabine, munie d'un verrou.

Le silence s'étendit.

— Nous pourrions être parents dans neuf mois, Giulietta… Alors nous pouvons quand même survivre huit jours ensemble, non ?

Lentement, elle acquiesça de la tête.

— Oui, finit-elle par lâcher dans un murmure. Bon, c'est d'accord. Je vais rester. Une semaine.

Relevant vers lui un coup d'œil inquiet, elle s'empressa de préciser :

— Mais cela ne change rien.

Non, en effet. Cela ne changeait rien au fait que, enceinte ou pas, elle était sa femme.

Et huit jours en tête à tête, en pleine mer, sans personne pour les déranger, seraient bien suffisants pour lui rappeler qu'il était son mari, se persuada-t-il.

Après s'être installée dans sa cabine personnelle, Juliet avait pris son roman pour aller lire sur le pont, dans une confortable chaise longue. Il y avait toutefois près d'une heure que le livre était ouvert sur ses genoux à la même page.

Elle venait de partager une salade de fruits de mer avec Ralph au déjeuner. Désireux l'un comme l'autre d'éviter les sujets trop lourds, ils avaient passé un moment très agréable à parler de gastronomie, sa grande passion qui en était une pour Ralph également, et de cinéma, domaine où, l'un comme l'autre, ils se montraient intarissables et toujours curieux de connaître leurs avis respectifs.

Elle avait l'impression d'avoir retrouvé une grande aisance dans leur relation. Une fluidité relaxante, revigorante. Il était facile de se laisser séduire par Ralph. Par ses manières avenantes, par son sourire enjôleur et par son charisme diabolique. Oh oui, c'était tentant, facile et… Dangereux, évidemment.

En reportant son attention sur la mer, elle ne put s'empêcher de se rappeler une certaine nuit, pendant leur lune de miel, qu'ils avaient passée sur la plage d'une île déserte, le yacht mouillé à quelque distance. Ils étaient follement amoureux, emplis de l'indescriptible ivresse propre aux jeunes mariés, et elle n'oublierait jamais la sensation de bien-être absolu qu'elle avait éprouvée dans les bras de Ralph, un ciel rempli d'étoiles au-dessus de la tête, la chaleur de son mari la protégeant de tout.

Surprise en pleine rêverie, elle sursauta en entendant approcher.

— J'ai échangé quelques mots avec Franco, déclara-t-il en venant vers elle, et il m'a parlé d'une petite île très agréable où nous pourrions faire escale.

Oh ! bon sang. Il lisait donc dans ses pensées ? Ou ne s'agissait-il que d'une coïncidence ?

— Euh…

Incapable de proférer un autre son, elle le fixa, comme hypnotisée.

— J'ai pensé que tu aimerais peut-être sentir la terre ferme sous tes pieds, enchaîna-t-il.

— Vraiment ? souffla-t-elle, stupéfaite.

— Oui, vraiment. Tu ne t'enfuiras pas en courant ?

Sur une île, elle ne risquait pas de lui échapper. Mais à la vérité, cette éventualité était nulle. Sa haute silhouette dressée devant elle lui donnait envie de se lever et de se jeter à son cou. L'attirance qu'il exerçait sur elle l'emportait sur tout le reste : scrupules, doutes, peurs.

Non, Ralph n'avait plus à s'inquiéter à ce sujet. Elle ne s'éloignerait pas de lui car ce n'était pas ce qu'elle désirait. Au contraire.

— Non, promit-elle en arrimant au sien un regard empli de gravité. Nous avons conclu un accord, Ralph. Je m'y suis engagée, je resterai jusqu'à la consultation chez Mme de Masi, tu as ma parole.

Sur l'île sauvage où ils accostèrent, la petite crique recommandée par le commandant était déserte, somptueuse, digne d'une carte postale avec sa plage de sable blanc caressée d'une eau transparente.

Ralph avait espéré que Giulietta viendrait nager avec lui, mais elle préféra s'allonger à l'ombre de son petit parasol et poursuivre la lecture de son livre.

La température de l'eau était parfaite et, oubliant tout, Ralph se lança dans une longue séance de natation, jusqu'à ce que ses muscles se mettent à protester.

Alors, il rejoignit sa femme et ne put s'empêcher d'éprouver un pincement au cœur en la trouvant assise, les bras enroulés autour des jambes, le menton posé sur les genoux, comme une petite fille pensive... Elle avait l'air si jeune, et pourtant on aurait dit qu'elle portait le monde sur ses épaules.

Lorsqu'il prit place à côté d'elle, elle l'ignora consciencieusement et reporta son attention sur son livre.

— Je dois avouer que ça blesse un peu mon ego, déclara-t-il.

Elle se tourna vers lui, haussa les sourcils.

— Quoi donc ?

— Tu sais bien que je n'ai jamais aimé occuper la position de second violon. Surtout si le premier est un livre. L'intrigue doit être vraiment haletante...

Elle le contempla sans mot dire. Elle cala un marque-page à l'endroit où elle en était et lui tendit le volume.

— Voilà, expliqua-t-elle. Je n'ai même pas terminé le premier chapitre.

Ralph lut en diagonale la quatrième de couverture et les extraits de presse élogieux.

— Ah bon ? Pourtant, c'est un polar qui a été salué par la critique.

— Il doit être remarquable, oui, mais c'est moi qui suis incapable de me concentrer.

Il lui retourna un regard inquisiteur.

— Pourquoi ?

— Parce que j'ai la tête pleine.

— Qu'est-ce qui te contrarie ?

Il sourit, de l'un de ses sourires charmeurs dont il avait la spécialité, pour préciser :

— En dehors du fait d'avoir été emmenée de force en pleine mer et de porter peut-être l'enfant de l'homme dont tu voulais divorcer, je veux dire ?

En silence, ils échangèrent un long regard avant de rire en même temps.

— Tu es très fort pour désamorcer mon aptitude à batailler contre toi, concéda-t-elle d'une voix tremblotante.

Il remarqua alors que ses yeux étaient humides et se sentit coupable de l'avoir mise dans un tel état de vulnérabilité.

— Parce que je voudrais qu'il n'y ait plus jamais de bataille entre nous, *bella*, déclara-t-il. Je veux que nous recommencions tout depuis le début. Depuis Rome.

S'il avait acquis une certitude, c'était la perfection de ce souvenir pour elle et pour lui. Leurs premiers jours ensemble avaient eu la force d'une évidence apte à défier le temps et n'importe quel obstacle.

— Tu crois que c'est possible, Giulietta ? demanda-t-il avec sollicitude. Tu veux bien qu'on reparte de zéro ?

Son cœur se fêla lorsqu'elle répondit :

— Je ne sais pas si nous pouvons y arriver. Parce que j'ignore si moi, j'en suis capable.

10.

Encore cet accent de désespoir, constata Ralph. Un défaitisme issu de cette mystérieuse faille en elle, visiblement profonde, sérieuse, qui commençait à l'inquiéter depuis qu'elle avait évoqué ses parents, plus tôt dans la journée. Décidément, quelque chose de grave s'était produit autrefois, dans son enfance – quelque chose qu'elle refusait de lui révéler. Aussi devrait-il se montrer extrêmement prudent, s'il revenait à la charge. C'était toutefois nécessaire, pensa-t-il.

D'une voix aussi naturelle et tendre que possible, il interrogea :

— Quand les as-tu vus pour la dernière fois ? Tes parents, je veux dire ?

Ainsi qu'il s'y attendait, un long silence suivit sa question. Si long qu'il crut qu'elle ne parlerait jamais. Enfin, il comprit qu'elle cherchait une réponse à la fois juste et sobre.

— Je ne sais pas, finit-elle par admettre. Mon père n'a jamais vraiment été là. De temps en temps, il revenait puis il repartait. Je devais avoir neuf ans quand il a disparu pour de bon.

Elle se tut.

Ralph garda également le silence. Il ne fallait pas qu'elle en reste là. Il souhaitait l'inciter à poursuivre. Lorsqu'elle lui décocha un bref regard de biais, il s'efforça d'exprimer son désir de l'écouter. Il ne jugeait pas. Il voulait savoir.

Comme si elle avait compris l'invitation, elle hocha lentement la tête.

— Je ne me rappelle pas le jour exact, reprit-elle, mais c'était en octobre et il y avait du brouillard. Il a dit qu'il sortait acheter du pain et il n'est jamais revenu.

Alors que le soleil étincelait dans le ciel, que la plage baignait dans une douce chaleur, il eut l'impression qu'elle frissonnait.

— Et ta mère ? s'enquit-il très bas.

Cette fois, elle tourna vers lui son regard d'ébène, fier et ardent, telle une panthère sauvage. De nouveau, elle était sur la défensive.

— Pourquoi me poses-tu toutes ces questions ? demanda-t-elle en serrant contre sa poitrine, à l'instar d'un bouclier, son roman policier.

— Parce que tu es ma femme, répondit-il sans se démonter. Parce que j'aurais dû te les poser dès les premiers jours de notre rencontre.

À vrai dire, rétrospectivement, il ne s'expliquait pas comment ils avaient pu tomber amoureux, bavarder à bâtons rompus, s'aimer corps et âme, se fiancer, se marier et partager les premiers mois de vie commune sans qu'il sache rien, ou presque, du passé de sa femme.

Égoïstement, il avait dû croire que personne ne pouvait traverser une tempête aussi dévastatrice que celle contre laquelle il luttait encore. Qu'il n'existait aucun être humain ayant souffert autant que lui… Puisque *rien* n'était pire que de découvrir qu'il n'était pas un Castellucci.

En outre, il avait pris pour argent comptant les trois phrases laconiques qu'elle lui avait concédées à propos de sa jeunesse, au lieu d'être aussitôt alerté par ses biais évasifs et les multiples zones d'ombre de son passé. Il aurait dû tout de suite s'apercevoir qu'elle protégeait farouchement ses blessures.

Lui qui avait tant obtenu de la vie, qui ne manquait de rien, au point de souffrir d'un trop reçu – n'avait-il pas deux pères ? ! –, il avait été incapable d'offrir à sa femme le soutien et l'écoute dont elle avait besoin.

Tournant les yeux vers les vagues qui s'écrasaient sur le sable, il eut l'impression de voir s'effacer, l'une après l'autre, ses illusions. Si seulement ses erreurs pouvaient si facilement être gommées !

— Mais tu ne l'as pas fait, murmura-t-elle d'une voix à peine audible.

— Non, soupira-t-il. Je ne l'ai pas fait. Je n'ai pas été là pour toi et je t'ai fait du mal. Il m'est hélas impossible de revenir sur le passé, Giulietta, mais je t'assure que je ferai tout ce qui est en mon pouvoir pour regagner ta confiance.

Dans son regard, il discernait le conflit : le désir de le croire et la douleur d'une blessure à vif. Il ne se pardonnerait jamais de s'être montré si égoïste, si aveugle.

— Tu n'es pas le seul responsable, dit-elle. Moi aussi, j'ai eu tort. Même si tu m'avais interrogée à propos de mes parents, je ne t'aurais rien dit. Je voulais que tu ignores presque tout d'eux, et donc de moi. Un peu parce que j'avais honte, et principalement parce que le fait d'en parler donnait plus de réalité à des souvenirs que je souhaitais enterrer.

Ses lèvres tremblaient.

— Plus de réalité ? répéta-t-il sans comprendre.

— L'impact sur moi, précisa-t-elle. D'avoir vécu tout ça.

Cette fois, elle glissa ses doigts si fort entre les siens qu'il vit ses phalanges blanchir.

— Il ne s'agissait pas de simples disputes, avoua-t-elle. Ils étaient alcooliques. Quand ils n'étaient pas dehors à s'enivrer, ils avaient la gueule de bois et devenaient fous. Au moment où mon père est définitivement parti, ma mère s'est laissé couler. Un jour, elle a avalé des cachets…

Sa voix se brisa, et elle s'interrompit. L'intensité de sa douleur lui donnait envie de déchirer le ciel. Bon sang, ce n'était qu'une fillette de neuf ans !

— Que s'est-il passé ? demanda-t-il avec angoisse.

— J'ai essayé de les lui faire recracher, mais elle ne se réveillait pas. J'ai appelé les secours. Elle était sauvée quand on l'a emmenée à l'hôpital mais, comme il n'y avait personne pour s'occuper de moi, on m'a envoyée chez Rebecca et Tim.

Elle s'était tellement recroquevillée sur elle-même que seul le haut de son visage restait visible. Ralph serrait très fort sa main dans la sienne.

On aurait dit qu'elle se tenait prête à affronter une meute de loups.

— Mes premiers tuteurs en famille d'accueil, expliqua-t-elle.

« Premiers » ? Oh bon sang, par quel enfer était-elle passée ?

— Car il y en a eu d'autres ? demanda-t-il.

Son acquiescement silencieux fut lourd de sens.

Ralph n'osait demander combien. Quelle importance, au demeurant ? Cinq, dix, vingt familles d'accueil… De toute façon, pour une fillette aussi jeune, le message envoyé était catastrophique – on ne trouvait pas de place stable pour elle.

— Tu sais, dit-elle, une proportion importante d'enfants dans ma situation prennent une voie sans issue. Alors j'ai eu de la chance.

Il la sentit se raidir.

— Le plus dur, je crois, c'était de ne jamais savoir si, la fois suivante, il y aurait un foyer pour moi, quelqu'un pour m'accueillir.

Pour elle, réalisa-t-il, profondément touché, l'amour s'était révélé le pire ennemi. Ce qui devait permettre à n'importe quel enfant de se construire, l'amour absolu et inconditionnel de ses parents, avait été pour Guilietta la cause de son malheur. Le poison avec lequel ce couple irresponsable se détruisait et la négligeait. Un synonyme de faiblesse et de déloyauté… Malgré tout, elle n'avait pas renoncé. En dépit des trahisons les plus cruelles infligées à sa jeunesse, elle avait su l'aimer, lui. Tomber amoureuse de lui et lui accorder sa confiance.

— Et aujourd'hui ? s'enquit-il. Tu la revois ?

Elle s'éclaircit la gorge.

— Non. J'avais seize ans la dernière fois que je lui ai parlé. Parfois elle m'envoie un texto, mais j'ai décidé qu'elle ne faisait plus partie de ma vie.

Elle avait la tête tournée vers lui, sans croiser son regard.

— Je sais bien que c'est ma mère, ajouta-t-elle, mais en sa présence je me sens toute flétrie, petite et faible. Et ça me fait peur.

Dès qu'elle se redressa un peu, il l'attira au creux de son épaule, submergé par le besoin de la protéger.

— C'est aussi pour cela que tu es rentrée en Angleterre, n'est-ce pas ? Parce que, près de moi, tu commençais à te flétrir, à te sentir petite et faible ?

— J'ai paniqué, concéda-t-elle. J'ai cru qu'il s'agissait d'un mécanisme en moi, quelque chose que je provoquais… Et que cela t'avait incité à en chercher une autre.

Il posa une main sur son front et arrima son regard au sien. Un regard grave et sérieux.

— Depuis l'instant de notre rencontre, je n'ai jamais désiré une autre femme que toi. *Jamais*. C'est toi que je veux, seulement toi, et toi tout entière.

Mais il souhaitait avant tout lui faire comprendre que le sexe était une manifestation naturelle de son amour pour elle – l'expression la plus directe. Que l'amour qu'il lui portait était infiniment plus vaste et protéiforme.

— Tu ne dois plus jamais avoir peur, *bella*, poursuivit-il. Je serai toujours là pour toi. Je suis ton foyer.

Il se pencha pour déposer un baiser d'une infinie tendresse sur son front, puis se leva.

— Viens. Nous devrions remonter à bord.

En sortant de la douche, Juliet attacha sa serviette au niveau de ses aisselles. Il était à peine plus de 21 heures mais, après un dîner léger, elle s'était réfugiée dans sa cabine, arguant qu'elle était épuisée.

C'était la stricte vérité. Elle se sentait assommée, vaseuse et éreintée, exactement comme si elle venait de courir le marathon pour lequel elle se serait entraînée toute sa vie.

Durant près de quinze ans, une profonde panique intérieure l'avait poussée à éviter comme la peste le sujet de son enfance, à le contourner ou à le neutraliser par une version très aseptisée. Pourtant, aujourd'hui, elle s'était libérée de ce schéma. Le tabou était vaincu. Elle avait dit la vérité à Ralph. Et même s'il lui en avait coûté de fouiller dans son passé pour le relater, *in fine*, l'épreuve se révélait moins pénible que prévu.

Sans doute parce qu'il l'avait *énormément* aidée.

Son cœur se mit à battre à coups redoublés. Elle ne parvenait toujours pas à croire tout ce qui s'était passé depuis son retour à Vérone. Tant de choses avaient changé en un rien de temps !

Par exemple, aujourd'hui, alors qu'ils s'étaient encore disputés, ils étaient allés au bout d'une importante discussion, franchissant une étape et crevant un abcès – sans que cela se termine par une étreinte érotique.

Un succès dont elle ne pouvait guère se targuer. Irritable, farouche, elle n'avait cessé de lui mettre des bâtons dans les roues, mais Ralph ne s'était pas découragé. Sa patience infinie forçait son admiration et lui allait droit au cœur. Son courage, aussi.

D'un geste machinal, elle posa une main sur son ventre, songeant aux possibles conséquences de leur nuit blanche, la veille. Ce soir, elle se sentait plus apaisée. Enceinte ou pas, elle avait l'impression de se rapprocher de son mari. Un fardeau qui pesait sur ses épaules depuis trop longtemps s'était soudain volatilisé.

Pas par miracle, non. Grâce à lui.

Une émotion si intense lui étreignit le cœur qu'elle traversa sa chambre pour déverrouiller la porte de communication entre leurs cabines et se précipiter chez lui.

Ralph se tenait devant son lit, vêtu, ou plutôt dévêtu comme elle, d'une simple serviette ceinte au niveau des reins. Il s'essuyait les cheveux.

Lorsqu'il se retourna, un pli d'inquiétude barra son grand front lisse.

— Giulietta ? Quelque chose ne va pas ?

— Euh, non, je…

Captivée par sa puissante musculature, elle fut un moment à court de réponse. Il avait un corps parfait.

— Tu voulais me parler ?

Il tournait vers elle un regard simple et entier, attentif et généreux. Fixement, il la contemplait, comme s'il mémorisait chaque détail de son visage.

Vainement, elle s'efforça de se concentrer. Sa pensée

refusait de se fixer où que ce soit. Du reste, elle n'en avait pas tellement envie. Elle préférait se laisser mener par son désir. À aucun moment de leur relation, pas même au début, à Rome, elle ne s'était sentie aussi libre.

Son cœur battait à un rythme endiablé, et elle fit quelques pas dans sa direction. Un mètre les séparait. Elle approcha encore, plongeant son regard dans le sien, et posa une main contre son torse brûlant.

— Embrasse-moi.

Une fraction de seconde, elle le vit se raidir. Se hissant sur la pointe des pieds, elle effleura ses lèvres des siennes.

Enfin, elle sentit la main de Ralph s'insinuer sous sa serviette, dans son dos, et l'attirer tout contre lui.

Dans une lente, une tortueuse volupté, ils s'embrassèrent. Leurs mouvements se firent languides – comme dans un ralenti extraordinairement excitant. Leurs bouches se caressaient. Elle savourait la pression délicate de ses lèvres charnues, masculines. Peu à peu, leur baiser s'enfiévra. Elle chercha sa langue afin d'y enrouler la sienne, et comme elle laissait sa main errer sur le ventre de Ralph, leurs serviettes tombèrent au même moment sur le sol.

Le souffle court, elle baissa les yeux sur son sexe dressé. Très doucement, elle arpenta de ses doigts l'énorme membre de haut en bas tandis qu'il traçait le contour de ses tétons dardés d'un index de braise.

Debout l'un face à l'autre, ils se dévoraient du regard, tout en se prodiguant mutuellement ces caresses enivrantes. Elle sentait un feu liquide fuser dans ses veines. Des ondes de plaisir la transperçaient comme elle savourait le contact de la peau de Ralph – ses doigts sur ses seins gonflés de désir, comme sa main sur son membre si puissant, si dur.

Soudain, Ralph arrêta son poignet d'un geste autoritaire et la fit basculer sur le lit, écartant ses cuisses pour y enfouir son visage.

Juliet glissa les doigts dans les cheveux de son amant et gémit, se cabrant sous l'assaut délicieux de sa bouche sur son clitoris. Elle était trempée. Bientôt, des secousses d'extase firent vibrer tout son corps, comme la langue et la bouche de Ralph s'insinuaient dans sa chair avec une science prodigieuse. On aurait dit qu'il savait exactement ce qu'elle voulait, ce qu'elle aimait, ce qu'elle attendait – et pourtant, à chaque seconde il la surprenait, faisant jaillir en elle des sensations nouvelles, inédites.

Juliet cria son plaisir jusqu'à l'orgasme et geignit aussitôt :

— Oh ! viens, s'il te plaît, viens !

Encore secouée de spasmes, elle étendit la main vers le sexe de Ralph pour le conduire entre ses cuisses, mais il se déroba.

— Attends, je cherche un préservatif.

— Oh oui, s'il te plaît.

Sans cesser de caresser son dos et ses épaules, elle le regarda se pencher vers le tiroir de sa table de chevet.

À peine Ralph se retourna-t-il que Giulietta lui prit le contraceptif des mains et le poussa sur le dos avec l'autorité d'une amazone, pour prendre son sexe dans sa bouche.

Ralph ferma les yeux et se laissa happer par les secousses de plaisir, mais il avait tellement envie d'elle qu'il glissa les mains dans ses cheveux pour la contraindre à relever la tête.

— Viens, souffla-t-il.

Après lui avoir enfilé le préservatif, elle arrima son regard au sien – un regard complice, un regard incendiaire où dansait une flamme joyeuse et libre. Puis, dans un gémissement qui se fondit au sien, elle l'enfourcha. Tandis qu'elle ondulait sur lui, il se mit à encercler doucement son clitoris, d'un doigt agile et délicat.

Leurs soupirs se répondirent de plus en plus vite jusqu'à gagner l'unisson.

— Oui, oui, haleta-t-elle en fouettant ses pectoraux de ses longues mèches soyeuses, comme il s'enfonçait en elle, imprimant à leur corps-à-corps des coups de reins aussi nets que saccadés.

Elle continuait à tanguer d'avant en arrière, faisant grimper leur fièvre et accélérer le battement de leurs cœurs enragés.

Leur cri fut semblable, long et aigu, simultané à la seconde près, et leurs corps brûlants retombèrent l'un contre l'autre sur le matelas – ruisselants de sueur.

11.

Le hurlement la réveilla en sursaut et manqua la faire tomber du lit. La dernière chose dont elle se souvenait, c'était le visage de Ralph niché dans l'oreiller, comme ils s'endormaient en échangeant un dernier regard complice, dans un état de merveilleuse plénitude.

Le cœur battant à lui rompre la poitrine, elle étendit les bras, tâtonnant à la surface du matelas, et atteignit enfin le corps de son mari replié à l'extrémité du lit. Il tremblait de façon convulsive. Ses poings se serraient comme un piège à crocs d'acier sur les draps alors qu'il donnait des coups de pied dans le vide.

Dans ce genre de situation, fallait-il montrer avant tout de la douceur ? De la fermeté ? Hésitant un instant, Juliet choisit de clamer d'une voix à la fois calme et impérieuse :

— Ralph !

C'était la bonne tactique. Il s'immobilisa, et elle en profita pour glisser le bras derrière lui, cherchant l'interrupteur de la lampe de chevet.

Au moment où elle se retourna vers lui, il s'était vaguement redressé contre l'oreiller. Hagard, les cheveux hirsutes, la sueur perlant à son front, il était d'une pâleur cadavérique.

Elle prit sa main dans la sienne, la serra très fort et poursuivit d'une voix adoucie :

— Ralph, tout va bien, maintenant. Tu as fait un cauchemar, mais c'est fini.

Inquiète, elle s'aperçut que son corps massif tremblait encore, comme s'il avait de la fièvre. Elle le considéra avec attention. Il avait toujours eu des problèmes de sommeil. Mais un état de choc pareil… Cela ne ressemblait pas à un simple cauchemar. Son regard était fixe et absent. Il semblait à peine conscient de sa présence, et sa respiration demeurait erratique.

Elle s'agenouilla sur le matelas pour le regarder dans les yeux.

— Ne t'inquiète pas, ça va aller.

Pour toute réponse, il lui prit l'autre main et la serra à l'en écraser.

— Je reste auprès de toi, je ne te quitte pas, dit-elle en conservant un ton calme.

Il n'avait toujours pas prononcé un mot. Ses mains brûlantes emprisonnaient les siennes avec tant d'ardeur qu'elle en était bouleversée.

Elle se mit à lui parler. D'une voix paisible, elle lui raconta ce qu'ils avaient mangé au dîner, lui rappela qu'ils avaient regardé les premières photos du baptême envoyées par Luca. Combien l'église était belle, le bébé adorable, la réception réussie…

Au bout de cinq minutes, elle sentit l'emprise sur ses mains s'alléger et la respiration de son mari recouvrer sa régularité.

— Tu veux boire un peu d'eau ?

Un long moment s'écoula avant qu'il n'acquiesce. Alors elle se leva pour aller remplir un verre dans la salle de bains et revint très vite à son chevet.

— Tiens, murmura-t-elle.

— Merci.

Sa voix semblait brisée. À cause de son hurlement ?

Juliet éprouva une violente colère contre ce qui avait pu le plonger dans un tel désarroi.

— Comment te sens-tu ? demanda-t-elle lorsqu'il eut bu la moitié du verre.

— Mieux.

Il passa une main sur son visage.

— Excuse-moi, reprit-il.

— De quoi ?

— De t'avoir réveillée de cette façon… Je ne t'ai pas bousculée, au moins ?

D'un geste tendre, elle repoussa une mèche qui barrait son grand front chaud.

— Pas du tout. Tu n'as rien fait de mal, Ralph. Tu as eu un cauchemar, tu t'agitais, puis tu as crié quelque chose et…

Il s'accouda pour se redresser et déclara :

— Je vais dormir à côté.

— Il n'en est pas question, s'écria-t-elle. Tu ne vas pas dormir ailleurs. Si tu te couches dans un autre lit, je te suivrai.

Il parut contrarié mais n'opposa pas de résistance. Des tremblements agitaient encore ses jambes et, en l'invitant à se rallonger près d'elle, elle sentit qu'il était glacé.

Dissimulant son trouble, elle se releva pour aller chercher son sweat-shirt dans son dressing.

— Enfile ça, suggéra-t-elle.

Tandis qu'il s'exécutait, elle rabattit le drap et la couverture sur lui, avant de venir se blottir contre lui pour le réchauffer.

Puis elle hésita, avant de souffler :

— Ça t'aiderait peut-être d'en parler, tu sais.

Lentement, il tourna vers elle un visage morne.

— Inutile. Ce n'était qu'un cauchemar, tu l'as dit toi-même.

Juliet sentit son cœur s'affoler.

Depuis qu'elle le connaissait, Ralph dormait mal. Il se tournait et se retournait cent fois au cours de la nuit, se réveillait à plusieurs reprises. Il était très rare qu'il fasse une nuit d'un trait.

Mais là… C'était autre chose. C'était différent. À son réveil, il avait paru désorienté, comme s'il ne savait plus où il était. Et terrifié. Comme si le cauchemar n'avait pas pris fin.

— Tu crois que c'est ce qui vient de t'arriver ? Que tu as juste eu un cauchemar ?

Il gardait la tête obstinément baissée, fixant le drap.

— Je ne sais pas. Je crois que ça commence souvent comme un mauvais rêve.

Ces mots lui furent douloureux à entendre. Ce n'était donc pas la première fois qu'il subissait cette expérience !

— D'accord, murmura-t-elle. Et ensuite ?

Un long silence pesa sur la cabine.

— Quand je me réveille, avoua-t-il, un poids terrible comprime ma poitrine. J'ai l'impression que quelqu'un s'est assis sur moi. Je veux le chasser, je ne peux pas. Alors je réalise que je suis encore en train de dormir… mais que je ne me réveillerai jamais.

Juliet frémit d'entendre une véritable terreur dans la voix de cet homme qui n'avait jamais peur de rien. Physiquement, il paraissait invincible. Il avait beau être un homme d'affaires, il avait suivi dès l'enfance un entraînement sportif intensif et pratiqué les arts martiaux à un très haut niveau.

— Mais en général, à ce stade du rêve, tu te réveilles pour de bon ? s'inquiéta-t-elle.

— Oui. Seulement, la difficulté à respirer est bien réelle. J'ai peur d'étouffer et, la première fois, j'ai même cru que je faisais une crise cardiaque.

Oh ! bon sang. Il ne s'agissait probablement pas d'un problème cardiaque, mais on était loin du simple cauchemar. Elle porta sa main à ses lèvres pour l'embrasser et caressa de sa joue la peau froide de son visage.

— Je pensais que ça finirait par passer, souffla-t-il.

— Ralph, les crises de panique ne s'en vont pas toutes seules et fonctionnent souvent comme un signal d'alarme.

Elle marqua un temps d'hésitation avant de reprendre :

— De quoi s'agit-il dans la première partie de ton rêve ? Tu te rappelles comment il débute ?

Durant une longue minute, il ne pipa mot. Puis, comme à contrecœur, il concéda :

— Je m'en souviens, oui.

Il parut prendre son élan avant d'enchaîner :

— C'est toujours le même scénario. Je rentre à la maison après ma journée de travail et tout semble normal. Mais ma mère est en vie et je les entends bavarder, mon père et elle.

Anxieusement, Juliet attendit la suite.

— Alors je vais les rejoindre dans le salon et je n'y trouve que mon père. Ma mère a disparu. Il se tourne vers moi et dit : « Tu n'as rien à faire ici. Tu n'es pas mon fils. Tu ne seras jamais mon fils. »

Comme il passait une main sur son visage, elle s'aperçut qu'il avait les larmes aux yeux.

— Mais tu es son fils ! affirma-t-elle avec force. Depuis trente ans, tu es son fils et tout le monde peut voir ses traits s'illuminer quand tu parais devant lui. Il t'aime infiniment.

— Justement. Moi aussi, je l'aime, et je ne peux pas

continuer à lui mentir. En même temps, je refuse de lui porter un coup aussi dur.

Elle s'aperçut que son visage marquait la fatigue.

— Il est déjà inconsolable d'avoir perdu sa femme, poursuivit Ralph. Si je lui révèle maintenant que je ne suis pas son fils, il perd son seul héritier et se retrouve dans la position du dernier Castellucci.

Cette fois, Juliet sentit son cœur cesser de battre dans sa poitrine. Bon sang, pourquoi n'avait-elle pas perçu d'emblée les terribles implications du secret de Francesca ? C'était épouvantable ! Ralph avait raison.

Se tournant vers le profil altier de son mari, elle s'efforça d'ignorer la boule de chagrin qui l'étranglait.

Comme si la douleur et l'égarement d'apprendre que sa mère avait aimé un autre homme dont il était le fils biologique ne suffisaient pas, il fallait en plus que Ralph porte seul l'immense responsabilité du sort des Castellucci… Le mensonge ou l'extinction : un choix cornélien – que Juliet trouvait d'une cruauté à pleurer.

De toute évidence, il y avait trop longtemps que son mari livrait cette bataille impossible – parler ou ne pas parler, pour faire du mal quelle que soit l'option retenue.

Retenant un profond soupir, elle serra sa main dans la sienne et demanda :

— Sais-tu ce que Francesca espérait que tu ferais ? T'a-t-elle suggéré de ne jamais rien révéler à Carlo ?

Il hocha lentement la tête.

— Elle ne m'a jamais rien dit à ce sujet. C'est Vittoria qui m'a confié les lettres qu'elle avait trouvées chez son père. Elle a été bouleversée en les lisant, et elle m'a contacté en me priant de la recevoir. En fait, elle était tellement choquée qu'elle a d'abord lancé toutes sortes d'accusations… Si mon père avait été là, s'il l'avait entendue, ce jour-là ! Heureusement, il se trouvait au siège du groupe immobilier.

Suspendue à ses lèvres, Juliet brûlait de connaître la suite.

— Et… Tu as lu ces lettres ?

Il acquiesça.

— Je n'aurais peut-être pas dû, soupira-t-il. Dans un premier temps, je n'ai pas voulu y croire, mais j'ai reconnu l'écriture de ma mère… Francesca a bel et bien eu une liaison avec un homme qu'elle aimait follement.

Il se tut, et Juliet attendit un instant avant de lui poser cette question :

— C'est après la lecture de ces lettres que tu as eu la confrontation avec ta mère ? Qu'elle t'a parlé ?

— Non. J'ai pris connaissance de ces courriers la veille du jour où nous avons reçu ses résultats d'analyses, accablants. La thérapie avait échoué, il n'y avait plus rien à faire. Il fallait immédiatement passer aux soins palliatifs à domicile. Mes parents étaient assommés, sidérés. Je n'ai pas eu le cran de…

— Bien sûr que non, le conforta-t-elle de sa voix la plus chaleureuse en passant un bras autour de ses épaules.

Lorsqu'il tourna ses grands yeux vert-de-gris vers elle, ils étaient voilés de larmes, et elle sentit son cœur se fendre.

— Parfois, reprit-il, je me dis que j'aurais mieux fait de garder ça pour moi et de ne lui poser aucune question. D'en rester à ce que nous redoutions d'avoir découvert, Vittoria et moi : une intrigue extraconjugale entre son père et ma mère. Ma naissance n'y aurait pas été mêlée. Je serais resté dans le mensonge et le confort. Mais à partir du moment où j'ai lu ses lettres d'amour, il était trop tard. La machine était lancée, impossible de l'arrêter.

Juliet le considéra avec attention. Un pan entier de leur propre vie conjugale lui était soudain dévoilé. Elle comprenait, désormais, pourquoi Ralph fuyait si obstinément le dialogue à cœur ouvert, l'échange de confidences… La dernière fois qu'il avait cherché à connaître la vérité, tout son univers s'était effondré tel un château de cartes !

C'était tellement injuste… Il payait un prix beaucoup trop élevé pour une histoire qui n'était pas la sienne.

— Qu'est-ce qu'elle a dit quand tu lui as révélé ce que tu savais ?

— Rien. Elle a d'abord refusé d'en parler. Ce n'est qu'au moment de pousser son dernier soupir qu'elle m'a avoué que Carlo n'était pas mon père biologique. J'en étais déjà certain, et j'ai été presque soulagé de l'entendre le reconnaître de vive voix. Je peux au moins me souvenir de cet instant où elle m'a dit la vérité.

— Justement, observa Juliet en plongeant son regard dans celui de son mari. Je crois qu'il est important que tu retiennes ceci : elle t'a dit toute la vérité. Elle aurait très bien pu te parler de sa liaison en passant ta conception sous silence. Je crois qu'en procédant ainsi elle a voulu te laisser le choix, Ralph : celui de faire ce que tu voudrais de ce secret.

— Mais je n'en veux pas. Je ne veux pas choisir ! s'insurgea-t-il. Je veux seulement faire ce qu'il faut. Ce qui est juste.

Elle lui sourit.

— Tu le fais déjà, voyons. Tu mènes à bien toutes tes activités professionnelles, tu veilles sur ta famille, sur ton père…

— Mais pas sur ma femme, l'interrompit-il en arrimant son regard effondré au sien. Je n'ai pas su veiller sur ma femme, prendre soin d'elle. Au contraire, je l'ai si durement blessée qu'elle s'est trouvée contrainte de prendre la fuite.

— Moi aussi, je t'ai blessé, dit-elle. Je n'ai pas été là pour toi. Mais, maintenant, je suis de retour.

L'inquiétude marquait toujours les traits de Ralph.

— Tu es revenue pour le baptême, nuança-t-il.

— Aussi, concéda-t-elle.

Elle observa un bref silence, puis :

— Francesca t'a donné la liberté de choisir. La décision t'appartient et sera *forcément* la bonne.

Par le contact de leurs mains jointes, elle avait l'impression de sentir la profondeur de son chagrin, et elle était à son tour profondément peinée.

Elle se blottit contre lui, et il la prit dans ses bras pour murmurer :

— Elle me manque tellement… Je ne saurais pas comment faire si je perdais en plus mon père maintenant.

— Tu ne *peux pas* le perdre, Ralph. C'est Carlo qui t'a élevé, qui a fait de toi l'homme que tu es devenu. Alors tu es pleinement un Castellucci. Crois-moi, l'ADN ne fabrique ni un père ni son enfant.

Il déposa un baiser sur ses cheveux.

— Pardonne-moi. Je suis navré que tu m'aies vu dans cet état.

S'extirpant de son étreinte, elle planta son regard dans le sien.

— Tu es mon mari ! s'insurgea-t-elle. Nous avons échangé un engagement solennel, tu t'en souviens ? « Pour le meilleur et pour le pire, dans la richesse comme dans la pauvreté… » D'ailleurs, je ne pense pas que les cauchemars et les crises de panique soient considérés comme « le pire ».

Ralph ne répondit pas. Il la dévisageait avec un mélange

d'incrédulité et de joie. Lentement, elle vit un immense sourire éclairer son visage.

— Qu'est-ce que tu as ? demanda-t-elle, surprise.

Il caressa ses cheveux d'un geste léger.

— C'est la première fois que tu dis « mon mari » depuis que tu es revenue d'Angleterre, fit-il.

Ralph retenait son souffle, sans parvenir à quitter des yeux le visage adorable de Giulietta. Il n'hésita qu'un court instant avant de se jeter à l'eau.

— Je me demandais si… Peut-être que tu pourrais changer d'avis ? Renoncer au divorce ? Parce que, de mon côté, je ne souhaite rien d'autre que de passer le restant de ma vie auprès de toi. Fonder une famille, regarder nos enfants grandir et devenir vieux en gardant ta main dans la mienne. Est-ce que tu crois que tu pourrais le vouloir, toi aussi, *bella* ? Serais-tu prête à nous redonner une chance ?

Elle soutint son regard et hocha la tête.

— Oui. Je crois que oui.

Des mots si simples, si francs qu'il en fut débordé d'émotion. Il glissa une main derrière sa nuque pour l'attirer à lui et l'embrasser amoureusement.

Puis, l'invitant à se rallonger près de lui, il se pencha sur son corps nu, pour poser les doigts sur ses seins déjà tendus de désir.

Lorsqu'il ouvrit les yeux, le soleil du matin brillait au-dehors, parant la surface de la mer de mille reflets étincelants. Le bleu du ciel était pur.

À côté de lui, Giulietta dormait, le visage serein, ses longs cheveux de miel doré formant une couronne au-dessus de son front lisse. Il admira ses longs cils noirs, ses sourcils si naturellement bien dessinés, et la finesse de sa peau. Elle avait l'air d'une princesse endormie pour cent ans, n'attendant rien d'autre que le prince charmant… Sauf que c'était lui qui avait été sauvé, se rappela-t-il aussitôt.

Elle avait chassé ses démons, puis accepté de donner une seconde chance à leur mariage. Son cœur débordait de gratitude et de joie. Un calme tel qu'il n'en avait pas éprouvé depuis de longs mois régnait sur son âme.

Il se leva, enfila un pantalon et monta sur le pont emplir ses poumons d'air marin. C'était incroyable. Il se sentait neuf. Comme si une sève nouvelle le régénérait.

— Ralph… Pourquoi est-ce que tu ne m'as pas réveillée ?

Il se retourna.

La jeune femme se tenait près de lui, uniquement vêtu de son T-shirt – beaucoup trop grand pour sa frêle stature.

— Parce que j'ai pensé que tu avais besoin de repos, répondit-il en lui souriant. Tu as bien dormi.

— Moi, oui, dit-elle en levant vers lui un regard inquiet. Et toi ?

— Oh oui. Comme un loir, grâce à toi.

Il lui prit une main pour la porter à ses lèvres et y déposer un baiser galant.

Son épouse s'esclaffa.

— Qu'est-ce qui me vaut cet honneur ?

— Beaucoup de choses ! avoua-t-il en riant avec elle. Porter mon T-shirt mieux que moi, avoir pris si grand soin de ma personne la nuit dernière, et… accepter de nous octroyer un nouveau départ.

Son désir d'elle revenait, plus fort, plus irrésistible que jamais. Hélas…

— S'il ne tenait qu'à moi, enchaîna-t-il, nous resterions tous les deux sur ce yacht pour toujours. À naviguer de l'aube au crépuscule, dans les bras l'un de l'autre, loin de toutes les complications du monde.

Il lui ouvrit les bras, et elle se laissa enlacer, se blottissant contre lui face à la mer, avant de murmurer :

— Mais ?

Il ne put réprimer un long soupir.

— Nous devons rentrer, n'est-ce pas ? compléta-t-elle.

12.

Ces derniers jours avaient changé tant de choses entre eux ! Juliet ferma un instant les yeux pour savourer la simplicité de leur étreinte. Puis elle reporta son attention sur la ligne d'horizon.

Enfin, elle avait surmonté sa terreur – et lui la sienne. En se révélant mutuellement leurs faiblesses et leurs douleurs, chacun avait trouvé auprès de l'autre un soutien inconditionnel et salvateur. Elle savait qu'elle pouvait compter sur Ralph et que cette confiance était aussi entière que réciproque.

En cet instant, son projet de divorce lui donnait envie de sourire. Dans son cœur, elle avait toujours su que Ralph était l'homme de sa vie.

Oui, c'était son grand amour – et qu'elle soit enceinte ou pas n'y changeait rien.

Dans moins de quarante-huit heures, ils allaient présider ensemble la plus importante fête de Vérone et, cette fois, leur union ne devrait rien aux apparences. Elle serait bien réelle.

Juliet se tourna vers Ralph en arrimant son regard complice au sien. Le regard d'une épouse amoureuse pour son mari qui l'adorait.

— Nous devons rentrer pour le Grand Bal, conclut-elle.

Inaugurant un festival d'opéras, le Grand Bal Castellucci

avait quasiment acquis la stature d'événement légendaire : il ne s'agissait pas d'un simple gala de charité rassemblant des fonds pour de nombreuses associations, mais d'une soirée permettant à des étudiants boursiers fraîchement diplômés de rencontrer des mécènes, des stars de la jet-set et du show-business, des artistes de renommée internationale et des hommes politiques.

En un mot, il s'agissait de la date la plus importante dans le carnet mondain véronais. Cependant, Ralph avait une autre raison de se montrer nerveux à la veille de cette nouvelle édition.

— Est-ce que Niccolo Farnese sera présent ? s'enquit-elle.

Il était inutile qu'il le lui confirme. Elle savait que la réponse serait positive. La famille Farnese était une dynastie puissante et étendait son réseau partout en Europe, même si elle était moins ancienne que les Castellucci.

— Oui. Sa femme aussi. Or, comme il a dû te le dire lui-même, Carlo ne manque jamais d'apparaître à cette occasion, précisa Ralph.

Il fronça les sourcils.

— J'ai une sensation de danger imminent, soupira-t-il. Nous tous, réunis au même endroit… C'est comme un défi lancé au destin.

Et dire qu'elle s'était sentie capable de l'abandonner à la veille de cette épreuve ! Dans une circonstance aussi complexe, toute personne mariée devait pouvoir compter sur le soutien de sa moitié.

— Il ne se passera rien, promit-elle. J'y veillerai.

Il plongea dans le sien un regard indéchiffrable. Puis, d'un même mouvement, ils se pressèrent encore davantage l'un contre l'autre.

— Merci, fit-il.

— De quoi ?

— De mettre de côté tes réticences. Je sais que tu as horreur des mondanités. Et c'est ma faute.

— Ta faute ? répéta-t-elle en écarquillant les yeux. En quoi ?

— Il faut un certain temps pour apprivoiser la foule, maîtriser son trac. Quand on y parvient, il devient également plus facile de tolérer la vanité de ces événements, parce qu'on mesure leur portée : les associations parrainées ne changent peut-être pas le monde, mais elles le rendent moins pénible au quotidien pour ceux auxquels elles s'adressent…

Juliet hocha la tête. Il avait raison. Le malaise qu'elle éprouvait en assistant à quelques soirées, à quelques galas de temps à autre, était un bien modeste sacrifice. Elle voulait apprendre à consentir cet effort le sourire aux lèvres.

— … c'est un apprentissage, enchaîna-t-il. J'aurais dû te mettre davantage en confiance.

— Ce sera différent, désormais, affirma-t-elle en lui retournant un clin d'œil joyeux. Et maintenant, capitaine ? Tu es prêt à donner l'ordre de remettre le cap sur Venise ?

Juliet fit un tour sur elle-même, fronçant les sourcils face à la grande psyché de sa chambre. Puis elle tourna la tête vers la petite brune assise à côté d'elle.

— Alors ? Qu'en penses-tu ?

Elles s'étaient installées dans l'immense salon jouxtant le dressing de l'appartement princier du *palazzo* Gioacchino et, jusque dans la chambre, des collections entières de tenues de soirée pendaient à des cintres, un peu partout.

— Tu es superbe, mais ce n'est pas mon avis qui compte, *cara*. C'est le tien.

— Justement, Gia, avoua-t-elle. À la longue, j'avoue que je ne sais plus. C'est bien pour cela que j'ai besoin de toi.

Styliste réputée, Gia Marazzi avait collaboré avec les plus grands créateurs italiens. Belle et élégante, toujours calme avec son air de sphinx, Gia était la femme au goût le plus sûr que Juliet ait rencontrée. Avec le temps, elle devenait aussi une amie, une excellente conseillère.

— Non. Tu as besoin de moi parce que tu as horreur du shopping.

Juliet ne put s'empêcher de rire. C'était tellement vrai !

Une nouvelle fois, elle fit un tour devant le miroir, fixant le tombé de la longue jupe d'un bleu électrique, la façon dont le bustier soulignait sa taille fine sans mouler sa poitrine.

Elle ne savait comment critiquer quelque chose d'aussi somptueux.

— Désolée, je sais que c'est ta favorite, Gia, mais, à la réflexion, je la trouve trop structurée. Trop voyante.

— C'est vrai que je la juge remarquable, mais je n'ai pas de favorite, et ce n'est pas moi qui vais la porter. En tout cas, je vois ce que tu veux dire. Cette robe ne tolère pas de passer inaperçue.

— Voilà, c'est tout à fait ça, renchérit une voix masculine.

Juliet se retourna.

Dans l'encadrement de la porte, Ralph irradiait de séduction. N'importe quel autre homme en jean noir et en polo gris aurait paru éteint, effacé. Ralph était tout le contraire : son incroyable charisme le rendait fascinant, même dans cette tenue si sobre.

Son épaisse chevelure donnait envie d'y faire crisser les doigts, sa bouche semblait prête à accueillir des baisers, et son regard vert forêt, plus brillant que jamais, s'était fixé sur elle.

— Cette robe semble proclamer que ma femme est la plus belle du monde, enchaîna-t-il.

— Vraiment ? demanda-t-elle en faisant quelques pas vers lui. Elle te plaît ?

Ils étaient arrivés la veille, dans l'après-midi. Le retour au palais s'était accompagné pour elle d'un étrange sentiment : sa demeure lui paraissait familière, et inexplicablement différente. Tout avait l'air plus léger, plus lumineux.

Sans doute parce que leur bonheur égalait celui qu'ils avaient connu aux premiers temps de leur rencontre. Seulement, cette fois, ce n'était pas un bonheur naïf.

Avouer ses fragilités, ses failles, ses faiblesses, n'avait été chose aisée ni pour l'un ni pour l'autre. Mais ils sentaient combien leur couple en sortait plus soudé ; renforcé et plus sage.

Dès que son mari passa une main sur sa taille, jaugeant la qualité des broderies sur le taffetas et la mousseline de soie, elle dut ignorer le désir qui montait en elle.

— C'est une robe prodigieuse, commenta-t-il. Et ce bleu te va à ravir, mais il est froid et je trouve le tombé trop rigide. Il te faudrait quelque chose de plus fluide et de plus… volcanique.

Dès que leurs regards se rencontrèrent, elle sentit une onde électrique la traverser.

— Et celle-ci ? suggéra-t-il en soulevant un cintre.

Il s'agissait d'un long fourreau de soie rouge cerise.

— C'était mon premier choix ! approuva Gia.

Cinq minutes plus tard, sortant du paravent derrière lequel elle venait de se changer, Juliet n'eut pas besoin de demander son verdict à son public. Elle-même était impressionnée par l'élégance des longues manches qui drapaient ses bras, le tombé parfait de l'encolure bénitier et le spectaculaire dos en V de cette robe à la fois audacieuse et très chic.

Satisfaite du choix de sa cliente, Gia la félicita et les embrassa tous deux avant de s'éclipser.

Juliet lui fut reconnaissante de son tact. Elle était impatiente de se jeter dans les bras de son mari.

— Il ne reste donc plus qu'à te dévêtir, susurra Ralph d'une voix de braise dès qu'ils furent seuls.

— Exactement, confirma-t-elle en lui rendant son regard enflammé. En attendant le gala, je vais soigneusement remettre cette robe sur son cintre.

— Je vais chercher un préservatif, répondit Ralph.

— Non, dit-elle en posant une main sur son bras pour l'arrêter. Nous n'en avons plus besoin.

Balayant du regard l'immense salle de réception qui grouillait de monde, Ralph aurait dû se satisfaire de la façon dont la soirée progressait. D'ailleurs, une part de lui-même s'en satisfaisait : sous les majestueux chandeliers vénitiens, les gens dansaient, discutaient ou trinquaient en riant, après un repas très formel. Pas une fausse note n'avait retenti depuis l'entrée des invités. Les hommes en noir et blanc, les femmes dans des couleurs chatoyantes ; tout ce beau monde semblait se détendre et profiter de l'occasion.

En ce qui le concernait, il ne lui restait plus qu'à inaugurer les enchères par quelques mots incitant les mécènes à se montrer généreux.

Le succès de cette opération revenait entièrement à Francesca Castellucci.

C'était elle qui, dès la première année de son mariage, avait investi toute son énergie dans la transformation d'une simple soirée de notables en un événement de renommée internationale.

Il éprouva un pincement au cœur. Sa mère n'était pas seulement une femme belle et vive. C'était une force de la nature, très active, engagée.

En prenant sa succession pour présider cette édition, il prenait davantage conscience de ce qu'elle incarnait en tant que femme, au-delà de son rôle de mère.

Oui, comme tout le monde, elle avait eu ses faiblesses. Mais elle avait accompli des choses merveilleuses. Chaque jour, elle lui manquait.

Ralph reporta son attention sur Giulietta, qui traversait la salle dans sa direction. Grâce à elle, il avait envie de savourer le présent et de s'élancer vers l'avenir. Dans sa robe au décolleté dorsal vertigineux, qui laissait deviner la naissance de ses reins, elle était divine. Les cheveux simplement lâchés sur ses épaules, elle irradiait de glamour, de féminité. Il nota ses hanches saillantes sous la soie de sa robe, son ventre si plat.

Un jour, ils auraient un bébé ensemble. C'était l'un de ses désirs les plus chers depuis leur rencontre mais, ce soir, cette perspective se chargeait d'une dimension symbolique forte. Parce qu'il éprouvait également l'importance de perpétuer sa lignée.

— Est-ce que tout va bien ? s'enquit Giulietta en parvenant devant lui et en lui prenant la main.

Il brûlait de l'embrasser avec ferveur, mais ce serait pour plus tard.

D'un œil anxieux, il lorgna dans la direction où se trouvait son père, avant de repérer Niccolo Farnese, son épouse et Vittoria, qui discutaient avec le ténor venu inaugurer la saison de l'opéra.

Sa demi-sœur se tourna vers lui et sourit, mais il s'aperçut alors que ce sourire ne lui était pas adressé. Vittoria répondait au salut de sa femme, et il posa une main sur la hanche de cette dernière tandis qu'une nappe de chaleur lui enveloppait le cœur.

— Parfaitement bien, fit-il.

Il allait se diriger vers l'estrade quand il entendit quelqu'un faire tinter un couteau contre un verre en cristal.

— S'il vous plaît…

Non sans étonnement, il regarda son père qui prenait la parole, au centre de la pièce.

— Cette année a été très particulière et a contraint notre famille à de multiples réaménagements pour la tenue du traditionnel Grand Bal, et j'espère que Ralph ne m'en voudra pas de dire quelques mots avant le lancement des enchères.

Ce n'était évidemment pas prévu au programme, mais Ralph leva bien haut sa flûte de champagne et clama :

— Je t'en prie, papa !

Carlo sourit.

— Merci. Et merci à vous tous de votre présence ici ce soir. Comme vous le savez, tous les fonds recueillis financeront le programme en faveur de la jeunesse et les associations soutenues par ma défunte épouse, projet qu'elle a porté avec passion et dont les résultats extraordinaires font notre joie.

Des applaudissements nourris suivirent cette entrée en matière. Carlo attendit un instant avant de poursuivre :

— Francesca me manque, et elle me manquera davantage à chaque jour qui passe. Pourtant, ce soir, ce n'est pas à elle que je souhaite rendre hommage mais à mon fils, Ralph. Parce que sans son aide, sans son soutien, je n'aurais pas réussi à m'en sortir.

Sous le choc de ces paroles, Ralph fixa son père, médusé.

— Je n'ai pas besoin de compassion, car chaque jour Ralph change ma vie et la rend plus belle. Je crois que je ne le lui ai pas assez dit, c'est pourquoi je souhaite porter un toast ce soir : à Ralph, parce qu'il éclaire ma vie.

À la suite de Carlo, chacun leva son verre, répétant ces mots. Blême, Ralph sentit l'amour et la culpabilité le tirailler vis-à-vis de l'homme qui l'avait élevé et qu'il appelait « papa ».

La rumeur de la foule se changea en brouhaha parsemé de sons stridents, et un léger vertige lui brouilla la vue. Il se sentait fiévreux, nauséeux. Et bientôt le poids désormais familier, qui pesait chaque nuit, ou presque, sur sa poitrine, lui comprima les poumons.

Mais il le dissimula sous un sourire que personne ne pouvait décoder. Personne, sauf Giulietta. Devant le regard anxieux qu'elle lui lançait, il ne trouva d'autre réponse que de l'embrasser furtivement.

— Tout va bien, murmura-t-elle contre ses lèvres.

En l'attirant contre lui, il tâcha de conjurer le malaise. Elle venait de prendre sa main, et il mêla ses doigts aux siens, faisant d'elle son roc. Mais la douleur, dans sa cage thoracique ne le quittait pas.

— Ralph.

Il se retourna, et Carlo lui sourit.

— Pardonnez-moi, Giulietta, puis-je échanger quelques mots en privé avec mon fils ? Je vous promets que ce ne sera pas long.

La jeune femme hocha la tête avec grâce.

— Bien sûr. Justement, il y a quelqu'un que je veux aller saluer depuis le début de la soirée. À tout de suite.

Elle serra très fort sa main et lui adressa une œillade complice avant de tourner les talons. Ralph ne put qu'emboîter le pas de Carlo, qui se dirigea vers l'appartement du rez-de-chaussée, dans le salon qu'il voyait chaque nuit en rêve.

Troublé, il fronça les sourcils lorsque Carlo posa deux verres et une carafe de whisky sur la table, avant de l'inviter à s'asseoir.

Son père ne buvait *jamais* de whisky.

— Voilà. Ne me tiens pas rigueur de t'éloigner un moment de la fête… C'est juste que, ces derniers temps, je ne t'ai quasiment pas vu, et ce soir, eh bien, c'est la soirée de ta mère. Il en sera toujours ainsi.

Ralph n'était pas sûr de suivre le fil de la pensée de son père, mais il hocha la tête en le regardant, stupéfait, remplir leurs verres d'un scotch à l'ambre envoûtant.

— Bien sûr, papa, répondit-il.

— Je l'ai trahie, Ralph, reprit Carlo.

Grimaçant, Ralph releva les yeux vers lui et s'écria :

— Mais non ! Voyons, papa, tu l'adorais. Elle le savait. Tu as toujours pris soin d'elle.

— Oui, mais je l'ai quand même trahie. Vois-tu, elle m'avait prié de faire quelque chose… Quelque chose d'important. Et je n'ai pas pu m'y résoudre. J'avais trop peur. Trop peur de te perdre.

Ralph sentit un indéfinissable malaise le gagner. Il avait l'impression de s'effriter.

— Papa, je ne comprends pas…

Mais si. Il comprenait très bien. Trop bien. Le salon s'était mis à tournoyer, et il s'efforça de ne pas perdre l'équilibre, au centre de ce manège infernal.

— Tu… tu es au courant ? balbutia-t-il d'une voix d'outre-tombe.

— Que je ne suis pas ton père biologique ? Oui.

Estomaqué, Ralph fixait le regard placide du vieil homme.

— Ta mère me l'a dit juste après avoir découvert qu'elle était enceinte. Je sais que tu lui en veux, je ne te blâme pas mais je te supplie de ne pas la juger. Elle a si amèrement regretté… C'est pourquoi il lui a été si difficile de te parler.

Carlo planta ses yeux clairs dans les siens et ajouta :

— Mais tu sais, Ralph, nous étions tous deux en faute.

Il acquiesça.

— Je te crois, papa.

Désormais, il était bien placé pour savoir que les difficultés d'un couple se créaient et se résolvaient à deux.

— Nous n'avons jamais cessé de nous aimer, reprit Carlo, et nous avons tout fait pour que notre famille trouve l'équilibre et le bonheur. Aussi, nous avons pris ensemble la décision d'attendre que tu sois adulte pour te dire la vérité, de sorte que tu puisses comprendre. Et naturellement, Niccolo et Maria avaient fondé leur famille, eux aussi.

— Vittoria, lâcha Ralph dans un souffle à peine audible.

— Oui, Vittoria, répondit son père avec un petit sourire. Le jour où elle est venue à la maison, ta mère en a été dévastée. Il ne lui était pas venu à l'esprit que Niccolo aurait conservé ses lettres.

Carlo se pencha pour agripper la main de son fils.

— Elle était horrifiée que tu aies appris la vérité de cette façon. C'était cruel, injuste… Nous aurions dû t'en informer nous-mêmes. Avant de mourir, elle m'a fait promettre de tout te dire. J'avoue que je n'en ai pas eu la force. J'ai eu tort.

Dans son esprit, toutes les pièces du puzzle s'assemblaient. Ralph se représenta sa pauvre mère chargeant Carlo de cette mission. Puis, demeurée en tête à tête avec son fils, les sens brouillés par la morphine, lâchant cette confession, sans se rendre compte qu'elle omettait un élément essentiel : ce n'était *son* secret mais le leur.

Sans dissimuler son émotion, il rassura son père.

— Ne te fais aucun reproche, papa. C'est moi qui aurais dû me tourner vers toi, venir te parler.

— Non, protesta fermement Carlo. Même si tu es devenu un homme fiable et responsable, c'est moi, ton père, qui te devais cette discussion. Et j'espère que… que tu es toujours d'accord pour rester mon fils.

Sa voix venait de s'étrangler, et Ralph se leva pour l'embrasser avec une infinie tendresse.

— Je veux que tu saches, poursuivit Carlo, ému, que je te soutiendrai toujours dans tes choix, y compris si tu souhaites te rapprocher de Niccolo. Ta mère partageait mon avis à ce sujet.

— Oh ! papa… Merci.

— Non, c'est moi qui te dis merci, *mio figlio*. Et ne te trompe pas, Ralph : tu es un Castellucci. Les liens qui unissent les membres de notre famille sont infiniment plus forts que ceux du sang.

À ces mots, Ralph éprouva un tel soulagement qu'il lui fut pénible de ne pas apprendre à son père que Giulietta pouvait être enceinte. Quel merveilleux cadeau ce serait pour Carlo, en retour de sa loyauté, de son amour…

Mais impossible de céder à cet élan sans avoir consulté sa femme au préalable.

Dès qu'elle avait vu Carlo et Ralph quitter la salle ensemble, Juliet s'était dirigée vers la superbe brune aux yeux du même vert-de-gris que son mari, qui admirait un Titien.

— Bonsoir, Vittoria.

— Bonsoir, Juliet.

Les présentations étant inutiles, elles s'embrassèrent avec simplicité.

Plus tard, lorsqu'elles se séparèrent, Vittoria garda longuement sa main dans la sienne.

— Je suis confuse d'avoir causé tant d'émotions, avoua-t-elle. Quand j'ai trouvé ces lettres, j'ai cédé à la panique. J'ai pensé que Ralph serait le seul à comprendre mon désarroi, et j'ai sans doute abusé de sa patience : il s'est montré d'une telle gentillesse avec moi…

Lentement, la jeune femme secoua la tête.

— Je n'ai pas réfléchi. Je me suis comportée comme si j'étais seule au monde, et je n'ai pensé qu'à ma propre détresse. Tu crois que tu pourras me pardonner un jour ?

Juliet sourit.

— Bien sûr que tu es pardonnée.

Elle adressa un clin d'œil à cette sublime jeune femme dont mille détails, dans le visage, certifiaient son lien de parenté avec Ralph. C'était à la fois subtil et évident : la ligne du nez, la profondeur du regard, une note dans le timbre de voix…

— Ta réaction était parfaitement légitime, enchaîna-t-elle. Tu pensais avant tout à ta famille, et sache que tu nous as rendu un immense service.

— Je suis si heureuse que tu le prennes ainsi, avoua Vittoria. Je vais devoir rejoindre mes parents pour les enchères, ils m'attendent, mais… j'aimerais beaucoup qu'on aille déjeuner ensemble toutes les deux, un de ces jours.

— Moi aussi. J'en serais ravie.

Juliet regarda Vittoria s'éloigner, puis leva les yeux sur le Titien. Celle qu'elle avait prise pour la maîtresse de son époux deviendrait peut-être bientôt une amie.

— Ah, tu es là !

Avant qu'elle n'ait eu le temps de réagir, Ralph la prit par la main et l'entraîna vers leur appartement. Dès qu'ils furent dans leur chambre, elle protesta :

— Qu'est-ce qui se passe ? J'ai quelque chose à te dire, mais ça aurait pu attendre que…

— Moi aussi. Et ça ne peut pas attendre !

Son regard était si intense, il y avait tant d'excitation dans sa voix qu'elle le fixa longuement.

— Tu lui as parlé ? C'est ça ? Tu lui as révélé que biologiquement…

— Je n'ai pas eu à le faire, l'interrompit-il. Il le savait déjà.

De stupeur, Juliet tomba dans un fauteuil.

— Quoi ? Comment cela ?

Il vint s'installer près d'elle et, d'un ton transporté, lui livra le récit complet de son entretien avec Carlo.

— Ça alors ! Ça alors ! s'exclama-t-elle une demi-douzaine de fois.

Enfin, très émue, elle l'embrassa.

— Tu es merveilleux, Ralph. Ton père a mille fois raison : tu es un Castellucci jusqu'au bout des ongles, et tu serais fou d'en douter. Cela dit, j'ai échangé quelques mots avec Vittoria, que je trouve charmante, et je pense que, si tu en éprouves le désir, tu ne dois pas t'interdire de rencontrer ton père biologique.

Pensif, il hocha la tête.

— Oui, je l'envisage de plus en plus. Je veux y réfléchir encore, mais ce n'est pas ma priorité.

D'un geste tendre, il se mit à caresser son ventre, comme s'il était sûr d'adresser ce geste à leur enfant. Aussitôt, Juliet sentit la crainte l'assaillir.

— Ralph, lui rappela-t-elle, je ne suis peut-être pas enceinte.

— Nous le saurons demain, n'est-ce pas ? répondit-il, un sourire confiant aux lèvres.

— Oui, nous le saurons demain. Et suppose que le test soit négatif ?

Il haussa les épaules, sans cesser de lui sourire.

— Nous passerons plus de temps dans cette chambre, voilà tout, *bella*.

— Je suis sérieuse, Ralph, plaida-t-elle en le fixant droit dans les yeux. Je sais à quel point tu veux devenir père. Avoir des enfants qui porteront et transmettront le nom de Castellucci. Et je…

— Giulietta, la coupa-t-il, je n'ai pas de foyer sans toi. Pas de famille si tu n'es pas là, auprès de moi. Tu le comprends, n'est-ce pas ?

— Mais… Suppose que je ne puisse pas avoir d'enfants ? insista-t-elle avec inquiétude.

— Nous en adopterons. D'ailleurs j'aimerais que nous en adoptions, même si tu mets au monde un, deux ou dix Jones-Castellucci !

À ces mots, les larmes lui montèrent aux yeux, et elle rit. Une vague de joie submergeait son cœur.

— Oh ! Ralph… Même quand je voulais te quitter, je n'ai jamais cessé de t'aimer.

— *E ti amo*, Giulietta. Tu es mon soleil, ma lumière, ma vie. Quoi qu'il arrive, n'oublie pas que tu es tout ce que je demande à la vie. Pour toujours.

L'amour qu'elle éprouvait pour lui était éternel, et elle ferma les yeux, comme ses lèvres se joignaient aux siennes.

Épilogue

— Enfin ! Vous êtes là ! déclara Lucia en se précipitant à leur rencontre. Nous allions lancer un avis de recherche…

Sur les marches de l'église, Luca faisait sautiller Raffaelle dans ses bras et, avec une moue moqueuse, déclara benoîtement :

— Oh ! moi, je n'étais pas inquiet.

Juliet sourit et embrassa affectueusement son amie.

— Désolée. En toute franchise, nous avons eu droit à un bel effet de série : le réveil n'a pas sonné, j'ai fait tomber du vernis à ongles sur ma robe, et puis Charlie a réclamé un repas en horaire décalé…

Elle embrassa Luca et déposa un baiser attendri sur le front de son filleul.

— Bonjour, mon Rafi ! roucoula-t-elle.

Et de conclure :

— Alors, forcément, nous avons ensuite dû le changer !

Une voix persifleuse s'éleva pour nuancer :

— Et quand elle dit « nous », comprenez : moi !

Juliet se retourna amoureusement vers Ralph, qui traversait le parvis de la somptueuse église romane. Il n'y avait pourtant pas que son séduisant mari qui lui faisait chavirer le cœur, en cet instant.

Il y avait son fils. L'adorable bébé aux cheveux noirs

blotti dans les bras de son papa, sous son regard attentif et fier.

Le bonheur qu'elle éprouvait depuis la naissance de leur premier enfant surpassait celui qu'elle avait connu le jour de son mariage.

Il y avait près d'un an que Ralph et elle avaient retrouvé la voie de la félicité conjugale, au cours de cette incroyable semaine où colère, soupçons et vieilles blessures avaient cédé à l'espoir et à la réconciliation.

Une semaine qui ne s'était pourtant pas achevée par un test de grossesse positif. Juliet se rappelait ses sanglots, le jour où le Dr de Masi lui avait annoncé qu'elle n'était pas enceinte.

Mais Ralph l'avait entourée de tant d'amour qu'ils avaient surmonté leur déception et profité de leur vie à deux… Jusqu'à ce que, huit semaines plus tard, elle découvre qu'elle portait un bébé.

Ainsi était né, neuf mois après, Charles Francesco Castellucci.

Son baptême était célébré aujourd'hui. Non sous le crépitement de centaines de flashs, en présence d'une foule d'inconnus, mais dans la plus stricte intimité, avec la famille et les amis.

Comme le plus jeune représentant d'une fameuse dynastie de Vérone éternuait, Juliet se pencha au-dessus du nourrisson, qui serrait la chemise de son père et levait vers elle son immense regard caramel.

— Tu es prête ? s'enquit Ralph.

Ils échangèrent un regard complice. Ils revenaient de si loin… Dire qu'un an auparavant ils avaient failli se perdre l'un l'autre, parce que la confiance leur manquait et qu'ils luttaient seuls contre leurs peurs ! Désormais, ils se disaient tout. Ils parlaient tout le temps, mais il leur faudrait encore plusieurs siècles pour explorer chaque façon de se dire « je t'aime ».

— Oui, allons-y, dit-elle. Tes pères doivent nous attendre.

Ralph passa une main autour de la taille de sa femme et l'attira contre lui.

Ses pères.

Un an plus tôt, son univers se désintégrait. Tout ce qu'il avait tenu pour acquis était remis en question… Et son épouse, sa merveilleuse Giulietta, son héroïne, l'avait aidé à se battre pour défendre ce à quoi il tenait.

Oui, elle avait mené cette bataille avec lui et pour lui. Et grâce à elle, il avait non plus un mais deux pères – installés en ce moment même dans l'église, impatients d'assister au baptême de leur premier petit-fils.

Il lui avait fallu un moment pour se résoudre à franchir le pas, rencontrer son géniteur, mais, désormais, Ralph appréciait beaucoup Niccolo. Maria s'était montrée assez généreuse pour leur accorder tout le temps dont ils avaient besoin pour s'apprivoiser.

Aujourd'hui, il était l'homme le plus heureux de la terre. Reposant les yeux sur Giulietta, il sentit son cœur battre très fort.

Non seulement il avait la chance d'avoir épousé la femme la plus intelligente, la plus sexy et la plus forte du monde, mais, ensemble, ils avaient fait un petit garçon magnifique, en pleine santé.

Comme ils se tenaient devant la porte de l'église, avec le futur parrain, la future marraine et leur merveilleux filleul prêts à leur emboîter le pas, Ralph contempla le petit visage paisible de Charlie.

Le bébé s'était confortablement lové au creux de ses bras.

Attendri, il se tourna néanmoins vers son épouse pour s'enquérir :

— Tu veux le prendre ?

— Non, répondit-elle en souriant. Il m'a l'air très heureux là où il est.

Ralph plongea son regard dans le sien.

— Et toi ? reprit-il. Tu es heureuse là où tu es ?

Sa femme secoua négativement la tête.

Mais une lueur malicieuse animait ses grands yeux d'ébène.

— Je suis heureuse là où *tu* es, murmura-t-elle.

Alors, il lui prit la main et, ensemble, ils entrèrent dans l'église.

Retrouvez prochainement,
dans votre collection

AZUR

Pacte scandaleux avec un Grec, de Caitlin Crews - N°4444

Molly le sait : Constantine Skalas lui voue une haine farouche depuis l'époque où, adolescents, ils vivaient sous le même toit bien malgré eux. Aussi est-elle choquée par la proposition scandaleuse qu'il lui fait aujourd'hui. Il sauvera sa mère de la faillite, si elle accepte en retour de devenir sa maîtresse ! Acculée, Molly finit par céder aux exigences de Constantine, avec la troublante impression de pactiser avec le diable…

L'épouse du roi disparu, de Maisey Yates - N°4445

Huit ans plus tôt, Agnès a juré allégeance à Lazarus. Sauvée d'une mort certaine par cet homme mystérieux et puissant, elle l'a suivi dans la forêt des Ombres, au cœur du royaume de Liri. Devenue son garde du corps, elle ne le quitte plus, tout en nourrissant en secret d'intenses sentiments pour lui. Mais, aujourd'hui que Lazarus s'apprête à revendiquer le trône de son pays auprès de son propre frère qui le détient, ce n'est pas d'une guerrière qu'il a besoin à ses côtés, mais plutôt d'une fiancée qui l'aidera dans cette quête. Or c'est ce rôle qu'à la grande stupeur d'Agnès il exige de la voir endosser…

La protection de ses bras, de Michelle Smart - N°4446

Cinq ans plus tôt, Elsa s'est invitée dans le lit de Santiago Rodriguez dont elle était follement amoureuse. Or il l'a aussitôt rejetée, lui brisant le cœur par la même occasion. Alors qu'elle espérait ne plus jamais revoir l'homme qui lui a causé cette cuisante humiliation, Elsa découvre que Santiago a été chargé d'assurer sa protection durant un voyage de Vienne à Valence. Un voyage sous le signe de la tentation, tant le désir qu'elle éprouve pour lui est resté vif !

Mariée à Julian Santigo, de Nina Singh - N°4447

Lorsque Julian Santigo offre à Cassie un emploi dans sa luxueuse résidence hôtelière située à Majorque, elle peut difficilement refuser. Elle est seule, sans emploi… et enceinte ! Mais, quand il la demande en mariage, elle ne sait plus que penser. Certes, il ne s'agirait que d'une union de convenance qui permettrait à Cassie de donner à son enfant un foyer, mais peut-elle accepter de s'unir à un homme qui ne l'aimera jamais ?

L'héritier de l'orage, de Jennie Lucas - N°4448

Un violent orage frappe les Hamptons, mais il faudrait bien davantage que des éclairs pour décourager Honora, venue frapper à la porte de Nico Ferraro ce soir-là. Le milliardaire italien, avec lequel elle a passé une nuit six mois plus tôt, doit savoir qu'elle attend un enfant de lui ! Hélas, leurs retrouvailles ne se passent pas du tout comme elle l'imaginait. Frappé d'amnésie, Nico a tout oublié de leur liaison. Pire encore, il exige maintenant que Honora l'épouse, dans l'intérêt de son héritier…

Princesse pour un an, de Cara Colter - N°4449

De retour dans sa ville natale, Maddie mène une vie plutôt morose. Jusqu'à sa rencontre avec un bel étranger qui fait aussitôt battre son cœur très vite. À force de promenades dans les criques secrètes des environs, tous deux apprennent à se connaître et se rapprochent. Et c'est avec stupeur que Maddie découvre bientôt qu'elle est tombée amoureuse… d'un prince ! Mais sa surprise grandit encore quand Edward Alexander de Havenhurst lui révèle qu'il doit se marier et qu'elle serait pour lui l'épouse idéale – mais pour une année seulement !

Amoureuse d'un mystérieux patron, d'Ally Blake - N°4450

Regard intense, cheveux noirs et barbe de trois jours. L'homme sexy qu'Evie croise chaque jour dans le train la fascine. Qui est cet apollon ? Et où va-t-il ? Alors qu'elle pense à lui sans arrêt, Evie découvre avec stupeur que son bel inconnu n'est autre que son nouveau patron ! Dès lors, elle doit veiller à garder secrets les sentiments qu'il lui inspire, bien malgré elle. Armand Debussey lui est interdit, même si son cœur lui crie le contraire…

Liaison torride à New York, de Melanie Milburne - N°4451

SÉRIE : *OBJECTIF PASSION* - 3/3

Une nuit torride à New York ? Voilà une perspective très tentante pour Zoey. D'autant que le don Juan qui cherche à l'attirer dans son lit n'est autre que Finn O'Connell, l'homme le plus sexy qu'elle ait jamais rencontré. Seulement, pour que cette possible aventure reste sous contrôle, Zoey doit se montrer prudente. En effet, jamais elle ne devra oublier que Finn est un homme impitoyable, prêt à tout pour obtenir ce qu'il veut – et son plus grand rival en affaires…

L'amant de Hawaï, de Cathy Williams - N°4452

SÉRIE : *LE MYSTÈRE DES STOWE* - 1/3

Odieux. Max Stowe, le nouveau patron de Mia, est insupportable d'arrogance – mais aussi incroyablement sexy. Pas question pour elle de céder à l'attirance qui la pousse vers lui. En effet, cet homme n'est que de passage à Hawaï, pour retrouver sa sœur mystérieusement disparue, et se lier à lui serait une terrible erreur. Pourtant, dans le cadre paradisiaque qui les réunit, Mia succombe au désir pour quelques nuits interdites…

Étreinte scandaleuse, de Dani Collins - N°4453

SÉRIE : *LES SŒURS DU SECRET* - 2/2

Traquée par une horde de paparazzis qui la confondent avec le célèbre mannequin Oriel Cuvier, Nina trouve refuge chez son ex-amant. Grossière erreur ! Si Reve Weston accepte de lui prêter secours face aux tabloïds, c'est à la seule condition qu'elle s'installe avec lui, dans son luxueux *penthouse* new-yorkais. Là, tous deux devraient pouvoir se mettre à l'abri du scandale. À moins que leurs retrouvailles passionnées ne l'attisent davantage encore…

Le secret d'une nuit de passion, de Lynne Graham - N°4454

Une nuit, une seule, au cours de laquelle elle a cédé à l'attirance irrésistible qu'elle éprouvait pour un inconnu… et la voilà enceinte ! Sous le choc, Grace ignore comment réagir. Cacher à Leo sa paternité ne serait pas juste, elle en a bien conscience. Mais, malgré l'alchimie parfaite qui a opéré entre eux ce soir-là, Grace le connaît à peine. Ce dont elle est sûre, en revanche, c'est qu'un tel imprévu risque de fortement contrarier l'avenir tout tracé de ce séduisant homme d'affaires. Car aujourd'hui Leo Zikos est fiancé à une belle héritière censée lui assurer un avenir professionnel florissant…